新　潮　文　庫

チーズ屋マージュのとろける推理

森　晶　麿　著

新　潮　社　版

11713

目次

チーズ屋
マージュの
とろける推理

CHEESE CHEF'S
MELTY MYSTERIES

第1話

ビー玉の謎《なぞ》には
フォンデュを添えて

1

「ふぃい……そろそろ戻りますかね、あの匂《にお》いの中に」

エアコンが程よく効いた〈ゐるかブックス〉でつかの間優雅な時間を過ごして店を出ると、初夏の曇天に向かってぐんと伸びをした。今日は昨日より暑くなりそう。Tシャツの内側に風を送り込む。そろそろ髪が切られたがっている。でもその前に金を貯《た》めないと。

わたし、琴平美藻《ことひらみも》。二十一歳、高卒、宿なし、恋人恒久的に募集予定なし。韻を踏んでいる場合でもない。バイト先のソファベッド暮らしが、はや三カ月。最近は肩こりと親友になった。そろそろ将来のことも考えなくては。

将来？　何だろうそれ。美味《おい》しいのか。

早稲田《わせだ》通りの脇《わき》にある朧《おぼろ》の坂を降り始める。気分は軒下を潜る猫。苦手な相手とすれ違いでもしたら気まずそうな道幅には、実際お昼寝中の野良《のら》猫が鎮座していることもよくある。大通りから一転してひと気はなく、本当にあの東京のパリとも言われる神楽坂《かぐらざか》エリアなのかと疑いたくなるほど閑散としている。

民家の立ち並ぶ坂道を小学生の裁縫みたいにぎこちなく歩いていくと、一見ふつうの住宅っぽい白いコンクリート塀が見えてくる。これ、わたしの職場。いわゆるリストランテ。民家をリノベーションして造られていて、風呂《ふろ》トイレ完備。わたしを待っていたかのような好物件だ。

看板は出していないのに、不思議と客足が途絶えない。その秘密は、路上にまで漂って、人々を毛布のように包み込む濃厚なチーズの匂いにある。これに勝る宣伝はない。

重たい木戸を押して開けると、カランカランと戸の上部に取り付けられた鈴が鳴る。

「おかえり、美藻」

声はすれども姿は煙の向こうにあって見えず。声の主は店主、風野《かざの》真沙流《まさる》。ああ、看板がないので店名を言っておかないと。店の名前は〈マージュ〉。チーズ料理専門店だ。真沙流は九年上の三十歳だから本当は〈さん〉付けしたほうがいいのだけど、出会い方が出会い方だったから、雇われの身ながらいまだに呼び捨てにしてしまう。

「ただいま、真沙流」

銘木をつかった、あたかもチーズを溶かしたかのような内装の中を進む。暖かみのある照明が室内を照らし、入店時からすでにゲストをチーズの世界へ取り込まんとする巧妙な罠《わな》が仕掛けられている。

まだ仕事モードに切り替わらぬ頭のまま、カラフルなモザイクタイルのあしらわれたカウンターに手をついて息をついた。開店は午前十一時五十分。あと二十分ほどある。と――思ってカウンター席に目をやると、すでに二名ほど客の姿が。入れちゃったのね、真沙流。お人よしなんだから。煙がようやく薄まったカウンター内の作業場に店主、真沙流の姿が見えてきた。

その雰囲気は三十路《みそじ》でありながら、どこか少年めいている。そして、眼鏡の奥にある目はいま、わたしに必死にＳＯＳを送っていた。カウンター席の客を再度見て、ああ、と得心がいった。

真沙流の顔はひどく紅潮している。彼の顔は、さまざまな理由で赤くなる。緊張、恥じらい、萎縮《いしゅく》、喜び、怒り、悲しみ。ふだんは透き通るように白い肌が、そういった内なる動揺によって敏感に色づくことをわたしは知っている。

とりわけ女性が苦手らしく、相手が女だと緊張から赤くなる。日頃顔色を変えずに済むのはわたし相手の時くらいだろう。不思議なものだ。眼鏡をとった素顔はちょっと死人が出るレベルの美男子なのに、ああも女性が不得手ときている。

いまカウンター席にいる客は、一人はいちばん手前にいる濃いサングラスに黒マスクといういで立ちの年配女性客。おそらくいちげんさんだし話好きでもない。そしてもう一人は最奥《さいおう》に座っている常連の上島《うえしま》ナオさん。孔雀《くじゃく》のような派手な顔立ちの美人で、クールな雰囲気の三十代の女性だ。フルネームで認識しているのは、以前に何度か事前予約をされているからだ。後輩と一緒に来店することが多く、そういう時は〈ナオさん〉と呼ばれている。真沙流が慌《あわ》てている原因はたぶんナオさんだろう。ナオさんが積極的に店員に話しかけるタイプの客で、かつ今日は一人で来店しているから。

女性が苦手な真沙流としては、いまの状況はかなり厳しいはず。案の定、こちらに小さく両手を合わせて作業場のさらに奥にある厨房《ちゅうぼう》に引っ込んでしまった。うむ。そこまで頼まれては助け船を出さぬわけにはいかない。というか、そもそもこのために雇われたようなものなのだから。

「いらっしゃいませ、ナオさん。もうご注文はお済みですか？」

「ええ。いつもどおり〈子羊のステーキとラクレットのランチ〉を頼んだところよ」

スイス南部で生まれたラクレット・デュ・ヴァレというチーズを、とろりとナイフで削《そ》ぐようにしてステーキの上にかけた当店の人気メニュー。ここへ勤めるまでは、「高カロリーで胃もたれしそうだけどＳＮＳでよく出回ってるやつね」と思っていたが、真沙流の用意したランチを食べて考えを改めざるを得なくなった。少なくとも、食べている間はむしろ優しいナッツ風味を感じさせ、一度食べ出したら止まらない中毒性のようなものも感じた。サイフォン式の珈琲《コーヒー》にデザートまでついてランチセット価格千八百円。ランチ代としてはちょっと贅沢《ぜいたく》に感じられるだろうが、食べてみれば納得。むしろ安いと感じるはずだ。

「ありがとうございます。何かお飲み物をお持ちしましょうか？」

「いいえ、水だけで結構よ」

そう言いながら、ナオさんは深い溜息《ためいき》をついた。よく見れば、今日はいつになく沈痛な面持ちだ。ナオさんはフランス語学教室〈ルミエール・フランセ〉の講師。ここ〈マージュ〉から歩いて五分のところに本社ビルがあり、ほかにも同社の講師や事務員にたくさん常連さんがいる。真沙流が言うには、その〈ルミエール・フランセ〉のお客第一号がナオさんらしい。

ナオさんは気持ちを切り替えるように、手もとに置かれた生徒の課題に赤ペンでチェックを入れはじめる。だが、仕事に集中できているわけでもなさそうだ。ひとまずミネラルウォーターを差し出すと、「美藻ちゃん」と呼びかけられた。

「この世でいちばん悲しいことって何だと思う？」

「……朝寝ができない、とかでしょうか？」

ナオさんが豪快に笑うと、えくぼができて少女らしさも見え隠れする。

「違うわね。いちばん悲しいのはね、アニヴェルセール……記念日が台無しになること」

「記念日が台無しに……されたんですか？」

「まだ来てないんだけどね、記念日。でも台無しにされたようなもんなのよねぇ。私と彼の大事な日だったのにさ」

「それは腹が立ちますね！　許せません！」

一緒に怒ってみせる。まんざら単なるポーズってわけでもない。記念日を台無しにされた経験が自分にも何度かある。ナオさんはわたしの共感具合がおかしかったようで笑いながら頭を撫《な》でてくれた。美人からの撫で撫では同性でも照れる。

「でもここのラクレットを食べれば、きっと癒《いや》されるわね。嫌なことは忘れなくちゃ」

「そ、そうですよ、ナオさんは笑顔が素敵ですから」

ナオさんの心の傷口をチーズがどろりと塞《ふさ》ぐところを想像する。たしかに、そんな効果もあるかも知れない。ほどなく、真沙流が厨房のスイングドアから顔を出し、料理が完成したことを目で合図してきた。わたしはそれを運ぶべく厨房へ向かった。

真沙流は「よろしく」と料理の載った皿をわたしに渡すと、自分はもう片方の手にもった料理を、ドアに近い席にいる年配の女性客に届けに行った。あれくらいの年配客なら大丈夫なんだろうか。

〈子羊のステーキとラクレットのランチ〉を届けると、料理を前にしたナオさんの顔からは、さっきまでの険しさが見る間に消えてゆく。

「ふう。なんだか、本当に憂鬱《ゆううつ》が溶けてなくなっちゃったみたい。ここに来てよかったわ」

「よかったです！」

ここにはいろんな客がくる。共通しているのは、当たり前だけれど、みんなチーズが好きということ。その点は、まったくもってわたしとは相いれない人たちであることは間違いない。少なくとも、三カ月前のわたしとは。

二十分後、すっかりカウンター席が埋まった。この店にはカウンター席しかないから、つまりは満席。珍しいことではない。〈マージュ〉の昼間は、いつだってこんな感じだ。

ナオさんの隣の席には見慣れない女性客。夜会巻きの長い黒髪。服装はむしろ質素でこの時期にも拘《かかわ》らず肌の露出も少ない。有閑マダムと呼ぶにはまだ若いが、さりとてもう二十代ではなさそうだ。さっきからチラチラと作業場の奥の厨房のスイングドアの隙《すき》間《ま》を覗《のぞ》き込んでいる。

「ご注文はお決まりでしょうか？」

こういう不審な客には思い切って積極的に話しかけるにかぎる。女性はこちらの質問には答えずに尋ねてきた。

「ねえあなた、ここのメニューにスープ料理はないの？」

「スープと仰《おっしゃ》いますと……フォンデュではなく？」

「フォンデュは具材をチーズソースに潜《くぐ》らせるものでしょ？　じゃなくてチーズを使っ

たスープみたいなやつよ」

「申し訳ありません。チーズスープは、当店ではお取り扱いがございません」

すると苛立《いらだ》ったように指でトントンとカウンターテーブルを叩《たた》いた。

「あなたでは埒《らち》が明かないわね。シェフを呼んでよ」

厄介な客だ。でも、ここで真沙流につなぐわけにはいかない。真沙流は今は料理中だし、よしんば手が空いていたとしたって女性が苦手なのだから。

「シェフはあいにく料理中で手が離せません。ご用件があるようでしたら私が……」

「もういいわ」

女性客は突然立ち上がって行ってしまった。

驚いたナオさんが「ここのフォンデュは美味しいのに、ね？」とわたしに笑いかける。

わたしは曖昧《あいまい》に笑いながら、立ち去った女性客のために用意したミネラルウォーターをもって厨房に下がった。

一応真沙流に立ち去った女性客のことを告げると、「チーズスープか。うちはスープはメインのチーズ料理のお供という考えで、あっさりした野菜スープが主流なんだよね」

「チーズスープもメニューに加えたら？」

「ううむ、チーズスープはそれだけで腹にたまるからセットメニューのスープとしてはちょっと重たい。単品でメニューに加えるには準備に手間がかかる」

「そっか」

「まあ貴重なご意見ではあるよ。考えておこう。チーズスープね」

歌うように言いながら、真沙流は次々と料理を完成させていく。こんな珍客の不可解な言動くらいで立ち止まれるほど〈マージュ〉は暇ではない。プレートに載せ、最後にバジルを散らすまで、手抜かりは一切なし。真沙流が完成させたそれを、わたしは手早くカウンターに運んでいく。仕事の書類と睨《にら》めっこしながら待っていた人たちが、みんな眉間《みけん》の皺《しわ》を和らげて料理にありつく。その様子を見ていると、多くの人が真沙流のチーズ料理に救われているのを感じる。

そう、考えてみれば、わたしだってそんなふうにして救われたのだから。

2

「もう……動けない」

怒濤《どとう》のランチタイムが終わって、わたしはしばしカウンターに突っ伏していた。目は開いているけれど体が動かない。ランチタイムは戦争だ。しかし、それも一区切り。

〈マージュ〉はもともとランチで生計を立てており、ディナーは事前予約制で一日に二、三組に限定している。おまかせで八千円から。わたしみたいな二十そこそこの小娘は二の足を踏んでしまう値段だが、これが存外簡単に埋まるから世の中すごい。

幸い、今日はまだ予約が入っていない。つまりもうオフ。だからだろう、真沙流も人に会うとかで近所のカフェに出かけて行った。

今日こそは早々に休んでやる。と言っても、この店の厨房にあるソファで寝泊まりしているので、ずっとここにいるわけだけれど。

しかし今日は疲れすぎていて厨房のソファまで移動する元気がなく、結局わたしは疲労に敗北して、しばしそのままカウンターでまどろんでしまったのだった。無念。

どれくらいの時間が経《た》ったのだろうか。いくつか逃げ出したくなるような夢を短篇映画祭なみに連続で見せられたから、それなりに経ったのだろう。ドアの隙間からオレンジ色の陽射《ひざ》しが差し込んできたあたりで意識がようやく浮上した。

カラン、と鈴の音が鳴り、それを合図にがばりと身を起こした。

現れたのは客ではない。店主の〈恋人〉と言ってもいいくらいの頻度で現れる、幼馴《おさなな》染《じみ》の貴富野《きふの》薫《かおる》さんだ。V系バンドのボーカル然とした派手な面相だが、これでノーメイクだというのだから恐れ入る。今日も口元に薔薇《ばら》の花でもくわえだしそうな燕尾《えんび》服《ふく》姿で御登場である。

「お疲れのようだね」

寝惚《ねぼ》け眼をこすり、時計をみる。おお、もう間もなく六時半になろうとしている。あたりを見回すと、まだ真沙流は帰ってきていないようだ。珍しいこともあるものだ。

「薫さんは相変わらずお元気そうで」

「無論だよ。ワインは百薬の長さ、マドモアゼル美藻」

言い忘れたが、かなり気障《きざ》な男である。しかし気障な物言いも、オールバックに燕尾服という現代離れしたいで立ちと相俟《あいま》って一つの世界観を創《つく》り出している。

「人を未婚、既婚で分類しないでください」

薫さんはワインソムリエで、赤城《あかぎ》神社の近くに会員制ワインバーを開いている。ただし開店は週に三日だけ。残りはさまざまな料理店に、その店の味に合ったワインをセレクトすることに費やしている。結果として、ご本人はつねに都内をふらふらと彷徨《さまよ》っている感じで、ここはその休憩地点に指定されている。薫さんはこの店にもワインを卸し、一方で自分の店用にチーズをもらって帰る、持ちつ持たれつの関係を構築している。その絆《きずな》は商売を超えて、恋愛関係では、と勘ぐりたくなるほどだ。

と、そこへ外出していた真沙流がようやく帰ってくる。真沙流もランチタイムの戦争のあとにさらに慣れない外出なんかしたせいかげっそりした顔をしている。

「しかし真沙流も、もっと体力をつけなくちゃね」

「ううっ……無理だよぉ……」

今にも岩に押しつぶされる直前のような弱弱しい声で真沙流が返事をした。体力がない真沙流は作業場に向かうと、いつものように大好物のとらやの羊羹《ようかん》を片手に抹茶を啜《すす》りながら、椅子《いす》にもたれかかってもう一つの折り畳み椅子に足をのせ、日向《ひなた》ぼっこの猫みたいな姿勢でダレはじめた。

「今までどこ行ってたの？」と尋ねると、

「いやあ、カフェで一息、と思ったら寝ちゃったんだよ」

そう言いつつ羊羹を食べると、ポットで入れた熱い抹茶を最後まで飲み切る。チーズ料理屋の店主の癒しが抹茶と羊羹というのも妙なものだが、本人に和菓子屋を営むつもりはなさそうだ。

「ちょっと今日の昼は忙しすぎたんですよね。金曜だし、仕方ないけど……」

わたしが現状を説明すると、忙しいのはいいことさ、と薫さんは軽々しく言って、カウンター席に座り、何やら御大層にワインのボトルを取り出した。

「そんなお二人に差し入れだ。チーズとの相性抜群。〈シャトー・ラフィット・ロートシルト〉の１９９９年ものだよ。近々閉店予定のバーのオーナーに格安で譲ってもらったんだ」

「１９９９年……古いっすね。腐ってるんじゃないですか？」

「き、君は何もわかってないな。ボルドーの五大シャトー筆頭といわれる〈シャトー・

ラフィット・ロートシルト〉だぞ」

「要するに腐ってない、と？」

「腐ってるわけないだろ！」

そんなに怒らなくてもいい。振り返ると真沙流の表情がすっかり真剣になっている。

「これはすごい」

「みんなで飲もう。あれ、マドモアゼル美藻は二十歳になってる？」

「とっくですよ。こないだ二十一になりましたし」

誕生日は今のところ非公開だ。理由はとくにない。単に聞かれなかったのだ。

「そういえば、今日で美藻がきて十日、いや二十にち……」

「三カ月」

三カ月前のわたしは、まだ二十歳だった。それもチーズ嫌いの二十歳だったのだ。

「あ、そんなに……そろそろチーズ好きになった？」と真沙流は恐る恐る尋ねる。

「ふつう」と答えつつ、わたしは店内に漂うチーズの香りを吸い込む。来た頃はチーズ嫌いだったのに、今はそうでもなくなっている。

「で、でも美藻は偉いよ。チーズ嫌いなのにこの仕事を腐らず続けてる」

真沙流が慌てて褒めると、薫さんは「熟成あるのみ。ワインやチーズと同じさ」と合いの手を入れながら、作業場に入って真沙流の背後に立って肩のマッサージを始めた。

君たちは夫婦なのか。

「うう、気持ちいい……あ、でももう大丈夫」

「そうか？　じゃあそろそろワインを開けるか」

「そうしよう」

　わたしは二人のやりとりを微笑《ほほえ》んで見守りながら、三カ月前のことをふと思い出した。

　あの日、わたしは大学生の恋人、幹夫《みきお》と同棲《どうせい》中の落合のアパートにもう戻るまいと固く決意していた。実家にも戻りたくなかった。昔から何につけ監視体質の母の〈囚人〉に戻るだけだとわかりきっていたから。

　母の監視力は凄《すさ》まじい。中学生の頃から、全国の中学生のご多分に漏れず親には何もプライベートについて語らなくなっていたのに、友だちと会っても、図書館に行くと偽って映画を観《み》に行っても、後日母親がすべて把握していることが何かのはずみでわかる。一体どうやって調べあげたのか。エスパーの可能性を本気で一時期疑ったくらいだった。

　その母の監視癖が高校を卒業してからも続いたことにうんざりして家を出たのに、今さら戻るなんてあり得ない。

　それで——ふと入ったこのチーズ屋で、職と猫の額ほどの仮の宿を得た。

　ざっくりと言えば、そんな流れだった。もちろん、細かい事情はもっとあるわけだけれど、それはまた別の話。

「しかし、二十歳そこそこの子が飲んでいいような酒じゃないんだけどなぁ、まあいいか。お疲れ様会だ」と薫さん。それくらい高級な酒ということなのだろう。まあ、いただけるものは何でもいい。

　というわけで、遅まきながら、疲労感から立ち直り、我ら〈マージュ〉の面々にようやく生気が復活する。

　しかし——世の中思いがけない時に思いがけないことが起こるものだ。

　カランカラン。ゲストの来訪を告げる鈴が鳴る。客か。その姿もたしかめずに、わたしはすぐさま入口に向かった。

「お客様、当店のディナーは、ご予約のあった方だけをご案内しており……」

　言いかけて、ハッとした。よく見知っている顔だったからだ。と言っても個人的なつながりはない。いわゆる昼間の常連客だった。たしか名前は竹中さん。

「いや、わかってるんだ……でも、ごめん。もしよかったら、ちょっとだけでいいから居座らせてくれないかな。迷惑でなければ、なんだけど」

　そんなことを言う客は初めてだ。みれば竹中さんの目元にはくまができていた。よほど仕事が忙しいのか。竹中さんは昼間来ていたナオさんの勧める〈ルミエール・フランセ〉の事務局にいたはず。次々と新たな常連を生み出してくれる〈ルミエール・フランセ〉の社員さんは〈マージュ〉にとって重要顧客だ。むげには断れない。真沙流を振り返ると、彼は竹中さんに微笑みかけた。

「どうぞお入りください」

ありがとう、と言いながら竹中さんはがっくり首を垂れ、いちばん手前の席に申し訳なさそうに腰を下ろした。〈シャトーなんとか〉にありつく時間は先延ばしされた。

不思議な夜になりそうだ。そう思ったわたしの予感は、あながち外れてはいなかった。竹中さんは溜息と共に、ちょっとした謎を持ち込んだのだから。

3

カウンター席に座った竹中さんは、長すぎる背中をキリンの首みたいに曲げて、大きな溜息をついた。

わたしが水を用意するあいだに真沙流がメニューを渡す。竹中さんは常連だし、何より男性客なので、真沙流も応対に困ることはない。

「どうかされたんですか？　少し元気がないようにお見受けしますが」

真沙流は竹中さんの顔を覗きこんで尋ねた。

「わかっちゃうか、やっぱり……」と竹中さんは言いつつ、ふたたび大きな溜息をついた。

「原因は、奥様……でしょうか？」

　真沙流の指摘に、竹中さんは大きく目を見張る。

「な、なな、なんでわかるの？」

　真沙流のほうはかえって、あ、いや、な、なんででしょう、なんとなく、なんて慌て言う。しっかりしなさい、三十歳。

「ただ、以前、奥様のことをとても嬉《うれ》しそうにお話しされていて、飲み会にも参加せずまっすぐ帰宅されるのだろうな、と想像していました。そんな竹中さんが金曜の夕方に現れた、となると、何か帰りたくない理由があると考えたんです。まず最初に思ったのは会社の辞令でも出て帰りづらいのか、という可能性でしたが、竹中さんは事務局で、先日も次長に昇進されたばかりと伺いましたから、これはないかな、と。となると次に考えられるのは、同居されている方との問題です」

　それだけの推測をさっきの瞬間に組み立てたのか。シャイな三十歳、恐るべし。もっとも、この男の隠れた頭の回転の速さを、わたしは何度も目《ま》の当たりにしてきたのだけれど。

「まったく、うん、恥ずかしながらそのとおりなんだ。夫婦喧嘩《げんか》ってやつは心を蝕《むしば》むよ。なんだか誰もいない星に置き去られたみたいな心細い気分になるんだよね。だからね、ついこの香ばしいチーズの香りに引き寄せられてしまったってわけ」

わたしは水を差し出す。

「キャバクラに引き寄せられるより健全ですよ」

「それは考えもしなかったな」

竹中さんはまじめ一徹の愛妻家だ。口癖は「妻がね」。そんな選択肢が浮かぶわけがない。

「しかしいざこうしてお店に入れてもらったものの……朝から喧嘩のこと考えてるから頭が真っ白で。メニューみても何を頼めばいいやら。今日は真沙流さんにお任せしようかな」

　心なしか、目にも生気が感じられない。魂の抜けた物体が、骨があるので仕方なくそこに形状を保って存在している感じだ。そうだ、ふだんはこんなに猫背でもない。わたしは改めて竹中さんを観察した。いかにも自分の趣味と家庭以外にまで関心が向かなそうな、一本気な雰囲気。こういう男性に魅力をすぐに感じられるかといえば難しいが、一度愛せたら一生の幸せを手に入れたようなものだろう、などと恋愛のド素人《しろうと》が内心で寸評をくわえる。

「もちろんお任せいただくのは光栄ですが……よろしければ、その前にお悩みの内容、伺うことはできますか？　料理は、ベストな心の状態でお召し上がりいただくのが一番です」

真沙流の言葉に、竹中さんはしばらく考えた末に、「いやじつに、くだらない喧嘩なんだけどね……」と言いながらとつとつと語り出した。

4

「我々夫婦は今年で結婚して七年目なんだ」

まず竹中さんはそう切り出した。七年目、というのも、結婚の門前にいるわたしにはその重みも軽みもわからない。「そんなに長く」と捉《とら》えればいいのか「まだそんなもの」なのか。

「へえ、すごいですね」

とりあえず、こんな浅はかな感想でお茶をにごした。

「三年前に、息子が生まれてね」

「え、竹中さんってパパさんなんですね！　全然知りませんでした。じゃあお子さんはいま三歳ですか」

「うん。今がいちばんヤンチャな時期なんだ」

竹中さんはスマホのカメラフォルダから写真を出して見せた。竹中さんにそっくりなもみあげの長い男の子が、恐竜のフィギュアをもって口をとがらせている。きっと、恐竜の世界に入り込んでいる最中に撮影されたものだろう。思わず頬が緩んでしまう。

「パパ似ですね。お名前は？」

「樹來《じゅらい》」

「じゅらい？　変わったお名前ですね……」

「妻と出会ったのが七月なので」

「ああ、なるほど。じゃあちょうど今くらいですか」

「いや、もう少し後。世間が夏休みに入る頃だったな。で、この樹來がね、最近はすっかりヤンチャで」

「かわいいじゃないですか」

「まあそうなんだけど、困るのが、ものが増えること。初孫だもんだから、じいちゃんばあちゃんからどかどか玩具《おもちゃ》が送られてきてね。厄介なことに三歳ともなると、人間てやつは意思をもつようになって、こっちが玩具を捨てたくても『あれはダメ、これもダメ』なんて一丁前に言うもんだから、ものを捨てられないんだ」

「とっておいてあげたらいいじゃないですか」

　するとチッチッチ、と竹中さんは指を左右にふる。

「子どもってのはね、ストローとかペットボトルとか、はてはお菓子の箱なんかまで玩具にしちゃうんだよ。そのすべてをとっておいたりしたら、あっという間にゴミ屋敷になっちゃうよ」

「そういうもんですか」

わたしの家の母は厳しかった。わたしには手元でできるゲームだけ与えて、いわゆる玩具類はいっさい買ってくれなかったし、お菓子の箱やペットボトルを遊びに使おうなんて思う隙すら与えられなかった。たぶんそういったものは使った瞬間に廃棄されるか、わたしの目に触れないところにしまい込まれていたのに違いない。単にきれい好きだったのだろうが、一方で子ども心に親の顔色を窺《うかが》いながら遊んでいた、という記憶もある。

いま思えば、つねに思考を先回りされていた。たとえばティッシュの空箱をとっておき、あとで工作に使おうと思っても、トイレに行った隙に処分されていたり。そうして、家出娘が出来上がった。

「まあとにかくさ、だからこっちで勝手に判断して、子どもの寝ている間なんかにこっそり捨ててるわけよ」

「あ、それで、捨てちゃいけないものを、竹中さんが勝手に捨てたんですね？」

あてずっぽうだったが、当の竹中さんは喉《のど》を詰まらせた鳩《はと》みたいな目でこちらを見たまま動かなくなった。

「なんでわかるの？」

「……だって、夫婦喧嘩してるわけだから、捨てちゃいけないものを捨てたのかなって」

　そんなに難しい推理ではない。しかし、竹中さんは観念した罪人みたいにお手上げのポーズをしてみせる。

「そのとおりなんだよ、捨てちゃいけないものを僕が勝手にね。でもさ、僕にだって言い分はあるんだけどね」言いかけて、竹中さんは口をつぐんだ。「やっぱりこういうのは良くないな。何か、フェアじゃない気がするよ。妻に対してね」

「わー素敵。わたしもそういう奥さん思いな紳士と結婚したーい」

　あまり表情のない声で言ってしまったのは、本音では早く続きを話してくれと思っているからだ。ここまで言いかけて発言を引っ込めるなんて、よけいに気になるじゃないか。

「フェアですよ、ムッシュ。むしろ、言い分をきかずにムッシュに怒りをぶつけたマダムのほうがフェアじゃないのです」

　突然そう切り出したのは、さっきまで店の隅で静かに飲んでいた貴富野薫その人だ。薫さんはみんなで飲もうと約束したはずの〈シャトーなんとか〉を開栓して飲みだしている。ずるい。

「あ、あなたは一体……」

「名乗るほどの者ではありません」

ええ本当に。

「お近づきの印に、この美酒をあなたにも一杯」

薫さんは、勝手にカウンターからグラスを取り出して、高々とワインを注ぎ入れた。

「このワインは〈シャトー・ラフィット・ロートシルト〉と言いましてね」と例の講釈がはじまるのでしばし早送りを試みる。

「……というわけで、このワイン、タンニンが少なくてまろやかな飲み心地なのが特徴です。まずは香りを楽しみ、次にぐっとひと思いに大きく含んで口の中で転がしながら飲んでみてください。これは私からのサービスですので、お代はもちろんいただきません」

店内にはなみなみと注がれたワインの気高い匂いが漂いだす。コンビニのメルシャンしか飲んだことのない小娘にも、どれほどの高級品かわかってしまうくらい、その場の空気を支配できる王者の風格のある匂いだった。何しろ強烈なチーズ臭漂う敵陣で自らの存在感を堂々と主張できるのだから、それだけでも大したものだ。

言われた通りにまずグラスに鼻孔を寄せて匂いを嗅《か》ぎ、竹中さんはゆっくりひと口飲んだ。「これは……！　ううむ……豊かな果実味、大地に根差した酸味、申し分ない」

呻《うめ》くように言う。独特な表現に、思わずわたしのほうが飲みたくなる。

「思いのたけを吐き出してしまわれたらもっと美味しくなりますよ。我々があなたのご友人であれば、マダムに対して失礼かもしれませんが、赤の他人に何を話しても、旅の恥は掻《か》き捨て。マダムへの失礼には当たらないでしょう」

　ワインソムリエというのは、みんな口がうまいのだろうか。今日はまたワインを飲んでいるせいか一段と舌が滑らかに動いているように感じる。

「それもそうだな。では、聞いていただこうかな」

　ようやく重たい口を開く気になったようだ。ふたたび真沙流とわたしのほうに顔を向ける。

「僕の言い分というのはね、その、捨てても誰にとっても困るようなものじゃないだろってことなんだ」

「捨てても誰にとっても困るようなものじゃない……？　どういう意味ですか？」

　わたしが問いかけると同時に、薫さんがまたグラスにワインを注《つ》ぎ足す。そこへ真沙流がトマトと真っ白なチーズが螺《ら》旋《せん》状に並べられた皿を給仕した。

「ボルドー地方のワインには、ボルドー地方のチーズが合います。これは〈レトリー・ブルディガラ〉というボルドー地方で作られたモッツァレラチーズです。オリーヴオイルと岩塩でお召し上がりください。ワインがさらに美味しくなります。メインディッシュが出来上がるまで、こちらをどうぞ」

「わあ、ありがたい、これはまた旨《うま》そうな……」

お辞儀をして真沙流はいったん厨房に引っ込んだ。

竹中さんはオリーヴオイルと岩塩をさらりとかけ、モッツァレラとトマトをフォークで重ねて突き刺してつまみ、ワインにまた口をつける。その表情がさっきよりさらに緩む。

「ううむ！　すごい！　まさに夫婦のようにぴったりだなぁ……」

「竹中さんご夫婦のように？」

「美藻ちゃんは人がわるいなぁ」

言いながら竹中さんは弱弱しく笑った。

その時、厨房からきわめて個性のつよいタイプのチーズの香りが漂ってくる。これはブルーチーズか。あの青かび特有の臭みを嗅いで涎《よだれ》が出そうになるなんて、わたしも変わってしまったものだ。一方ではペンネを茹《ゆ》でている匂いもする。この店はペンネにせよパスタにせよ、古代小麦を使用しており、その食感はわたしの知っているパスタのそれとはかなり違っている。通常パスタをパスタたらしめているあのつるりとした食感はなく、口の中でねちねちと、しかし優しく、脆《もろ》く崩れていく歯ざわりが特徴だ。

「たまらない匂いだね。なんだかさっきまで全然食欲なかったはずなのに、お腹《なか》がすいてきたな」

「それがアペリティフの効用ですよ、ムッシュ。よろしければ、もう一杯どうぞ」

薫さんは気前よく言ってワインを竹中さんの前に置いた。ちょっと待って。わたしたちの分はあるのだろうか。そんなことが脳裏をよぎるが、それより竹中さんの話の続きが気になった。

竹中さんはうれしいなぁ、と言いながら顔を拭《ふ》いた。顔を拭く、という行為自体におじさん臭さを感じる。竹中さんもまだ三十代前半に見えるが、案外実際にはもう少し年齢がいっているのかも知れない。

「さっきの話ですが」とわたしは切り出した。このままお酒に話を流されたら大変だ。せっかく緩んだ口から肝心の部分を聞き出さねば。

「『捨てても誰にとっても困るようなものじゃない』と仰っていましたよね。でも、お子様からしたら困るのでは？」

竹中さんはかぶりを振った。

「それならすべての玩具がそうさ。空き缶ひとつ捨てるのだって、うちの子は泣いていやがる」

「ああ、コーラの缶とかお洒落《しゃれ》ですもんね」

「いや、うちは炭酸は飲ませないけどね。でも〈なっちゃん〉とか顔がついてるじゃない？　あれをそのまま人形に見立てて遊んだりしちゃうんだ。だけど、こっそり捨てれば、大抵は『なくなったのかな』と思って忘れてくれる。クリスマスに買ってあげた玩具なんかとはちがう。ああいうものはなくせば食事も喉を通らないくらい気にするから。言ってみれば、なくなっても、いずれ忘れてしまう系の代物《しろもの》なんだ」

「少なくとも、そう竹中さんは判断したんですね」

こうなると、いったい何を捨てたのか、そっちのほうが気になってくる。

と、そこへ真沙流が厨房から戻ってきた。

「フランスのブルーチーズ、ロックフォールで仕上げたペンネです」

「フレッシュタイプの爽《さわ》やかなチーズの後だからこそ、このねばっこい匂いがたまらないな」

薫さんは香りをおかずにワインを飲む。

「そう言うだろうと思ってね、君の分も用意しておいたよ」

真沙流は薫さんの前にもペンネを置いた。店員であるわたしは、まさか自分もさっきから食べたくなっているなんて言うわけにもいかない。ましてや、わたしは真沙流の前ではまだチーズが微妙に好きではない体を装《よそお》っているのだから。

「さすが真沙流、これだから俺は君が好きだよ」

「黙って食べなよ」

からからと笑って薫さんは食べ始める。思わずお腹が鳴りそうになる。欲深きわたしよ、バイトに集中したまえ。もともとチーズ嫌いだったくせに。

「それで、何を捨てたんですか？」

竹中さんはふうっと長い溜息をついた。

「うん、それなんだけどね、ビー玉なんだよ。それも、夜店のラムネに入ってる、何の模様もないタイプのやつ」

5

「ビー玉を捨てて怒られたんですか？」

思わず大きな声で聞き返してしまった。

空き缶やペットボトルに比べれば、立派に玩具の類《たぐい》に入れられるものではある。だが、模様も入っていない、ラムネに入っているタイプのビー玉となると、捨てて怒るほどのものとも思えない。必要ならまた買えばいいのだし。

「捨てたのはそれだけじゃないんだ。尻尾《しっぽ》の折れた恐竜のフィギュアも、ジュースのしみのあるサメのぬいぐるみも、とりたてて壊れてはないけど最近見向きもしてなさそうな電車の玩具も、ペットボトル、お菓子の箱、サランラップの芯《しん》、そういったものと一緒にぜんぶ捨てたんだ。ところが、ほかのものについては何も言わなかったくせに、ビー玉のことだけすごく怒ってるんだ」

「理由は聞いてないんですか？」

「聞いても教えてくれない。『信じられない』っていうばっかりでね。まったく、困ったもんだよ。女っていうのは謎の生き物だね」

「男性女性で区分する類の問題ではありませんよ、わたしにもよくわかりませんし」

「あ、そうか、ごめん」

　とそこで薫さんがワインを注ぎ足す。ちょっと飲ませすぎではないのか、と心配してしまう。おもにワインのほうを。

　不可思議な話に首を傾《かし》げるわたしと違って、薫さんはなぜか楽しげだった。まるで酒の肴《さかな》にダーツでも始めたみたいな感じで言う。

「面白いじゃないですか。なぜマダムはビー玉のことだけそんなにも怒ったのか。今宵《こよい》の我々に与えられた難問ですね。ミステリで言えばホワイダニットというやつですね。それで、捨てたビー玉の数は？　一個ですか？」

「いや、もっとたくさん。たしか九。『九個あったでしょ！　キッチンカウンターの上にガラスの容器に入れてとっておいたやつよ！』って、すごい剣幕で怒ってたから、間違いないね。こんな理不尽な話ってないよ。おかげで僕は昨夜から胃が真っ白で」

「それはお気の毒だ。何とかしたいですね」

「きっと今夜も帰ったら怒っていて、口をきいてくれない。その姿が想像つくんだよね」

竹中さんは、肩を落とした。本来、気を休められるはずの場所が針の筵《むしろ》になる経験はわたしにもある。というか、そういう状況から逃げ出して、ここに辿《たど》り着いたのだ。

蛇口の水音が止まる。真沙流が、タオルで手を拭いた。

「いまのお話、とても面白いですね。ご自宅はここからお近いんですか？」

「鶴巻町《つるまきちょう》だよ。学生時代から、ずっと変わらない。３ＬＤＫだし、家族三人で住んでも今のところ手狭さは感じていなかったんだ。でも、今回夫婦喧嘩してみて思ったけど、家庭内で距離を置くにはいまのマンションはもう限界かもな」

はぁ、とまた溜息をつく。よほど憂鬱なようだ。

「結婚して七年目、と仰いましたが、交際を始められてから今まで、今回のような喧嘩はしてこられなかったわけですか？」

重要な質問だった。こっちは真剣に話を聞いていたが、実際はただ頻繁にこうした喧嘩を日常茶飯事にしているだけということも考え得る。

「今回みたいなひどい喧嘩は初めてだね。いつもは彼女が機嫌を損ねたら、その理由はだいたいわかるから、こっちも素直に謝れる。でも今回はなんで機嫌損ねたのかわからないから、こっちも謝りようがない」

「とりあえず謝るだけ謝る、とかではダメなんですか？」とわたしは尋ねた。

実家の母は、とにかく相手に謝ってほしくて怒っているようなところがある。怒られた理由なんかわかっていなくても、頭を下げれば怒りも収まる。

「そんな単純じゃないんだよ」

たしかに母は単純だ。

「僕だって一応、『とにかくごめん、わるかった。また買ってくるから』って言ったんだけどね、『あなたは何もわかってない』って。怒っている理由がわかっていないと謝っても許してもらえないんだ。そのくせ、肝心の理由を明かさない」

「ううむ、厄介ですね」

高校時代の友人に「私がなんで怒ってるかわかる？　わからないの？」と言って彼氏を困らせるタイプの子がいたが、相手は他人だしそこを想像しろというのは無理なんじゃないのかな、とわたしは思っていた。しかし、そうした怒り方を好む人には、それはそれで何らかの流儀があるのかも知れない。

自分のこれまでの人生の人間関係における大いなる挫《ざ》折《せつ》のことを考えると、決して自分とちがうタイプのコミュニケーション方法を非難する気分にはなれない。

「特別なビー玉、ではなかったのですよね？　一見平凡でも、じつは珍しいビー玉ということも考えられるじゃないですか。職人さんの作ったやつとか。あとは、どこかの特殊な花《か》崗岩《こうがん》からとれた、とか」

ビー玉の製法については、わたしも詳しいわけではない。けれど、見た目だけでは判断できないところもあるかも知れない。

「その点に関しては、信じてくれていいけど、ほんとうに、どこにでもある、普通の、夜店で売ってるラムネのビー玉だよ？」

竹中さんはそう言って、懐《ふところ》からビー玉を取り出した。

「これ、さっき駄菓子屋で買ったラムネの瓶に入ってたやつ。これとまったく同じなんだ。間違えるわけないよ。あれは正真正銘、どこにでもあるラムネのビー玉さ。もちろん、床に転がってたわけじゃないものを許可なく捨てたのはまずかったのかもしれないけど、それにしたって……」

するとしばらくぼんやりとしていた真沙流が、不意に口を開いた。真沙流はいつだって、口を開くのが遅い。料理をつくるのは早いのに、どうしてこうも口下手なのか。

「あの、よかったらなんですけど……」

「ん？　なに？」

そこでまた口をつぐむ。目は、ビー玉にじっと注がれている。まるでそこに何らかの答えが眠っているとでもいうみたいに。

やがて、井戸から水をくみ上げるようにゆっくりと真沙流は言った。

「週末、奥様と一緒にご来店いただけませんか」

わたしは驚いて真沙流の顔を見た。

喧嘩中では難しいんじゃ……。

口をきくのも難しい状況で食事に誘ってくるだろうか？

けれど、竹中さんは渋い顔をしつつも、「週末か……」となぜかスマホを取り出して予定を確認しだした。連れて来られるってことなのだろうか？

何より解《げ》せないのは真沙流の表情だった。彼は竹中さんが奥さんを連れてくると確信しているかのように、にんまりと微笑んでいたのだ。

6

食事を終えた後、いささか気力が回復したらしい竹中さんが「明後日《あさって》、日曜に妻を誘ってみるよ」と約束して帰ると、店内は三人だけになった。今日はほかに予約がなかったから、食器洗いも楽で助かる。もうすぐ仕事終わりだ、と思って上機嫌で口笛まで吹き出しているわたしのとなりで、しかし真沙流はしずかにチーズをカクロンという鍋《なべ》に入れて白ワインで溶かし始める。

「新作メニューの開発？」

「ん、そんな大げさなものじゃないよ。ニーズに添ったマイナーチェンジってとこかな。

でも、匙《さじ》加減は案外難しい。チーズは産地や熟成期間によって微妙に調理法が異なってくるからね」

「ふうん。真沙流なみに繊細なのね」

「ぼ、僕はべつに……」

真沙流は口ごもりながら頬を赤らめた。

「ほらすぐ赤くなるし」

薫さんがわたしたちの会話を聞きながら微笑んだ。

「君らはそうしていると、付き合いの長い恋人か夫婦みたいだな」

「は……！　何を言ってるんですか。こんなオッサンと付き合う趣味はないです」

「お……オッサン」

言ってしまってからはたと気づく。薫さんは真沙流と同い年だったこと。

「あ、ええと、ええと、大人の男性と」

真沙流が吹き出した。

「いや、君からしたら僕らはオッサンだよね。それはそうだろう」

「三十でそう言われるのか……」と薫さんは頭を抱えている。我ながら申し訳ないことを言った。一方の真沙流は、日ごろからわたしに毒を吐かれ慣れているせいもあってそれほど動じてはいない。

手は相変わらず、チーズのたっぷり溶けたカクロンをかき回している。

「それ、フォンデュだろ？　でもこの店の定番フォンデュとはだいぶ匂いが違うね」

「ふだんのは産地も種類も異なる三つのチーズをベースにしてるからね」

たしか、普段のフォンデュはエメンタールとアッペンツェラー、ケイジェイラを配合しているのではなかったか。今の香りはそれよりも癖がなくてまろやかな香りではある。

「これはね、明後日、竹中さんの夫妻が来た時に出すフォンデュの試作品さ」

「え、チーズフォンデュを竹中さん夫妻に出すつもりなの？」

チーズフォンデュなんて、いまどきどこのチーズ料理店でも出されるありきたりな代物だ。そんなものを、わざわざ呼びつけてチーズ好きの客に出すのか。

「そうだよ。歓待の精神をもっともシンプルに示したチーズ料理って、やっぱりラクレットとフォンデュだ。この一件で必要なのは、とにかくストレートにチーズを味わってもらうこと。君は信じられないだろうけど、有機農法で育てられた野菜を蒸して、濃厚なフォンデュソースで食べると、それだけで王宮料理の味わいなんだよ。しょうじき、これに勝る御馳走《ごちそう》は滅多に考えつけないってくらいにね」

「オーガニックのいい素材にわざわざチーズを塗りたくって台無しにすることないと思う」

「たしかに、チーズも、マヨネーズも、抹茶味もそうだけど、それ自体が強く押し出されると、素材のよさなんか関係なくなってしまうというのはあるよね。僕もそういう料理を何度か食べたことがある。強い味に支配されすぎて、その味を食べた記憶しかなくて、素材いかんはあまり関係なくなってしまう」

「そうそう。そういうこと。だからわたしは遠慮する」

新作のときはわたしが味見役となるに決まっているから、早めに抵抗を示しておいた。

「でも、そう言わずにひと口」

真沙流はわたしの前に熱々のチーズフォンデュの注がれた器と、温野菜の盛り合わせを置いた。ううむ、もっと早めに抵抗するべきだったか。こんなに早くできてしまうとは。

わたしは真沙流を恨めし気に眺める。すでに薫さんは試食用のワインをなみなみと注いでいる。待ちに待った気高い香り。

覚悟を決めて、わたしはつややかな緑色に染まったブロッコリーにフォンデュをたっぷりつけ、口に運んだ。どうせぜんぶチーズ味に染まるに決まっている、と思いながら。

ところが――。

「え……？」

はじめこそチーズの風味が口内に広がるも、その次には初めて出会うようなブロッコリーの魅惑的な味わいがわたしを虜《とりこ》にした。最後に残るのはチーズ味ではなく、素材の旨味。しかも後をひいてやめられない。入口はチーズ、出口は素材。

　わたしは思わず次のジャガイモに手を伸ばした。やはりジャガイモでも同じ。ほくほくとしたジャガイモの食感と甘みが主役で、チーズは一歩下がってそれを引き立てている。次にニンジン、次にアスパラ、と続々試していくが、すべてがその素材ごとの味を引き立てていた。見事にチーズが名脇役《わきやく》に収まっている。

「わたしの知っているチーズフォンデュとちがう」

「でもね、これが本来のチーズフォンデュなんだよ。白ワインがチーズの良さを最大限引き出しつつ、くどさを一歩後ろに引き下げる」

「たしかに美味《おい》しい……けど、一つ難点を言えば、やっぱり温野菜やトーストの欠片《かけら》をチーズフォンデュで食べるだけだと、そこまでの感動がないことかな。これは刷り込みなのかもしれないけど」

「なるほどね。つまり、あともうひと工夫あれば、ということだね？　ふむ……」と言いながら真沙流はしばし沈黙した。

「揚げてみるとか？」とわたしが言うと、さらに表情が険しくなった。

「ううん、どうかな。チーズフォンデュに揚げ物をつけると、かなりの高カロリーになって、人によっては胃に負担をかけることになるからなぁ……」

言いながら、真沙流の表情が変わる。

「なるほど、その手があったか」

急に何か思いついたらしかった。

「ありがとう、君のおかげでいいことを思いついた」

「いえいえ。ところで、これ、チーズの種類はいったい……」

すると、真沙流はニコニコしながら「秘密」と言った。

「チーズの正体を知れば、きっと君も驚くよ。どこにでもある、ありふれたチーズだから。でも本当に驚くのはこれから先さ。チーズにもビー玉にも、歳月ありってね」

「え？」

「例の謎《なぞ》だよ。竹中さんの謎を解くには、このフォンデュソースがもっとも説得力がある」

どういう意味だろうか？　わたしは首をかしげた。真沙流は、いつものおどおどした感じではなく、どこか研ぎ澄まされた剣のような目で、ソースを味見し、深く頷《うなず》いたのだった。

「でもいま使ったチーズよりもっと適役を探さないと。明日の朝、チーズを探しに行くんだけど、ついてくる？」

7

土曜日の朝、わたしたちはチーズを探す旅に出た。旅といっても、大げさなものではない。何しろ、その場所は神楽坂圏内だ。

神楽坂――ここは心を癒《いや》すブックカフェから、小洒落た料理店やバーの数々に、世界各国の輸入品が集うセレクトショップまで、何でもそろう優雅なる楽園なのかも知れない。

瓢簞坂《ひようたんざか》を登った先にある白銀《しろがね》公園で開店するまで時間をつぶす。右手にはラップに包まれたキッシュロレーヌ。左手には熱いブラック珈琲《コーヒー》の入ったタンブラー。

朝、目覚めたらすでにいつもどおり厨房《ちゆうぼう》には真沙流がいた。彼はいつも朝の六時頃にこっそり鍵《かぎ》を開けて入ってきて、わたしが寝相がわるくて落としてしまった毛布を拾ってかけてくれる。それから、朝食用にほうれん草ときのこのキッシュロレーヌをオーブンで焼き始め、焼き上げたタイミングで「そろそろ行くよ」と教えてくれたのだった。

「わたし、夏の朝に公園でキッシュロレーヌ食べるような女じゃなかったんだけどなあ」

「……どういう意味？」

「なんか、シャンとしちゃったなってね」

「シャンと……むずかしい」

「でしょうね。いいよ、わからないだろうから」

　わたしはこんなまともな生活を送る人間じゃなかった。真沙流のところで働くようになって、深夜二時に自由を確かめるように煙草《たばこ》を吸いながら街を徘徊《はいかい》する、なんて危ない真似《まね》もしなくなった。夜十時には自動的に眠気がやってきて、朝は真沙流の作る朝食の匂《にお》いで目覚める。何だか、これまでの世界に申し訳なさとか、罪悪感を感じてしまう。路地裏の薄汚れた世界から出てきた野鼠《のねずみ》が、ちゃっかり靴の履き方を覚え、フォークとナイフの使い方を覚えたみたいな。それでおまえ元の世界に顔向けできるの？　そんな意味のわからない強迫観念が、波のように押し寄せては去っていく。こんな感じ、真沙流には言ってもわかるまい。

「昨晩、眠る前にちょっと考えたの。竹中さんの奥さんが怒った理由。ラムネのビー玉だって言ってたよね。でも、昨夜見せてもらったけど、本当にありふれたビー玉じゃない？　あれ、夜店に限らず、どこでだって手に入ると思うんだよね。それなのに、〈どこにでもある、普通の、夜店で売ってるラムネのビー玉〉って言ったってことは、竹中さん自身が夜店でラムネを買った記憶があるんじゃないかなぁ」

「鋭いね。そこまでは僕の考えと合致するよ」

「嬉しくないな……ええとね、つまり、そもそもなぜお子さんの玩具《おもちゃ》を急に捨てようと思ったかっていうことなんだけど、もしかしたら竹中さんはどさくさに紛れてそのビー玉を捨ててしまうことこそが本来の狙《ねら》いで、片づけを始めたんじゃないのかなって」

「……それはどうして？」

「たとえば、だけど、そのビー玉を無意識のうちに〈見たくないなぁ〉と思うようになっていた。なのに、そのビー玉はいつも竹中さんの見える場所にわざと置いてある。それがだんだん彼には苦痛になってくる」

「なぜわざとビー玉を置くの？」

「それよ。これは奥さんの復讐《ふくしゅう》なんじゃないかな」

「ふ、復讐？」

真沙流はいつになく声を裏返らせる。

「珈琲吹きそうになるでしょ、ヘンな声出さないでよ」

「あ、ごめん。だってびっくりしたから……復讐って、何の復讐なの？」

「竹中さんが浮気をした、とか。きっと、一度きりの浮気。それも、一緒に祭りに行ったとか、その程度の。で、そのときに家にラムネの瓶を持ち帰ったことを覚えていた奥さんは、以来その日のビー玉を飾っておく。それでも竹中さんが無視するので、日を追うごとにビー玉を増やしていった――とか」

「なるほど。それで竹中さんが捨てたのを、証拠隠滅とみて怒っているわけ？」

「そうそう」

　真沙流はキッシュロレーヌを頬張りながらしばし黙った。それから言った。

「でもそれはおかしいな。ビー玉を増やしても心理的な圧力になるとは思えない。僕が奥さんなら、むしろラムネの瓶ごと増やしていくだろう。そのほうが『あの祭りの夜の出来事を私は知っている』っていうメッセージがより強く伝わる。でもビー玉だけじゃ、伝わるかどうかも定かじゃない。そんな不確かな復讐をとるかな？　それに、もしそうなら竹中さんは奥さんが怒っている理由にあんなに悩んだりしないでしょ。後ろめたいわけだから」

「ううむ、そう言われると……」

　昨夜、寝る前に考えた推理も、こう指摘されてみると単なる妄想の域を出ない気がしてくる。わたしは思考を整理すべくキッシュロレーヌを頬張る。濃厚なタレッジョの風味がわたしの邪推を溶かしてしまう。考えてもみれば、一度とはいえ浮気なんてあの竹中さんのイメージに合わなすぎる。

「でも、とてもいい線いってると思うよ。途中までは僕の推理ともほぼ同じ。あ、店が開いた。行こう」

　瓢箪坂の向こう側にあるチーズセレクトショップ〈フォルマッジョ〉がシャッターを

開けたところだった。

「目当てのチーズは決まってるの？」

「うん。もう決めてある」

ドアを開けると、店主の美紗子《みさこ》さんが真沙流に頭を下げる。ライチソルトソーダみたいなさっぱりした雰囲気の女性だけれど、これが真沙流の顔を見た途端に毎度態度を豹《ひょう》変《へん》させる。急に真沙流の動きばかり気にして髪を落ち着きなくいじり始めるのだ。

「い、いらっしゃい、真沙流さん。今日はどんなチーズをお探しなの？」

「ああ、ええとええと……」

こちらはこちらで女性が苦手なものだから、しどろもどろになっているし、顔も真っ赤だ。これではまるでお見合い現場に居合わせているみたいだ。

「あの、ジャン・ジャック・アレオス氏が熟成させたチーズは入ってますか？」

「あ、も、もちろん、こちらです……！」

彼女の後をついて歩きながら小声で尋ねた。

「誰なの、ジャン・ジャック・アレオスって」

「世界的に有名なチーズ熟成士だよ。チーズの熟成は湿度や温度、酵母の繁殖の調整などきわめて繊細で、その管理には高い技能が要る。だから熟成士の存在はそのままチーズのブランド力にもなる。中でもジャン・ジャック・アレオスの腕を、僕は高く評価しているんだ。チーズ関係者なら、誰しも推しの熟成士がいると思うけどね」

推しの熟成士、というパワーワードに思わず眩暈《めまい》を起こしかける。

「ここにあるのが、アレオスの手がけたチーズになります」

美紗子さんが案内してくれたコーナーにはざっと五十種類ほどのチーズが置いてある。このすべてがそのジャンジャックナントカさんの熟成したものらしい。見た感じはどれも普通のチーズに見えるが……。真沙流は美紗子さんに紙を見せる。

「これに見合うチーズはありますか？」

「……一つだけ。昨日入ったもので、まだ店頭に出していないんですけど」

彼女は幼稚園の先生に秘密を打ち明ける園児みたいに嬉々《きき》として言うと、店の奥に向かって急に「佐藤くーん、佐藤くーん？」と呼びかけ始めたので少しびっくりしてしまった。

「あれ、いないな……先週からバイトに入ってくれた子なんですけど、すぐふらふらいなくなっちゃうから。ちょっとお待ちくださいね」

そのまま妖精《ようせい》のごとく軽やかな足取りで一度店の奥に引っ込むと、ふたたびわたしたちのもとに戻ってきた。

「これです」

重厚な蠟《ろう》の厚紙に包まれた円盤型のチーズ。少し中を見せてくれる。表面がワックスでコーティングされているようで、見るからに固そうだ。これが、本日のお目当てなのだろうか。

真沙流はそのチーズに顔を寄せ、匂いを嗅ぐと何度も力強く頷いた。

「五百グラムいただきます」それから、わたしににっこりと微笑《ほほえ》む。「これで、竹中さんご夫妻のいざこざも、どうにかなるかもしれないよ」

「え……？」

チーズと竹中夫妻の喧嘩にいったいどういう関係があるというのか。けれど、その真沙流の眼差《まなざ》しには、すでに答えを摑《つか》んでいる者だけが宿す、あの芯のある輝きが潜んでいた。

8

日曜の夜がきた。カラン、カラン。鈴の音は、ドアを開ける人の力加減によって豪快に響いたり、さえずるように聞こえたりする。今夜のそれは囁《ささや》く感じだった。重たい気持ちを引きずりながら、ゆっくり開ける時のあの感じ。

まず店内に現れたのは、竹中さん。表情の硬さから察するに、まだ夫婦喧嘩は収まっていないらしい。

そして――その後に続く女性。

「いらっしゃいま……え？」

驚いたのも無理はない。「竹中夫人」をわたしは知っていた。孔雀《くじゃく》のような派手な顔立ちの美人でおなじみ、上島ナオさんだったのだ。

「ナオさんが竹中さんの奥さん……？」

「我々、社内恋愛で結婚してね」

「私が中途採用されてきたときの事務局の採用係がこの人だったの」とナオさん。「苗《みょう》字《じ》がちがうのは、もともと社内恋愛から始まったから。職場で姓が同じだとややこしいでしょ」

「びっくりです……。チーズがお好きなご夫婦なんですね」

ええ、と二人は言ったものの、喧嘩中のため気まずさが拭《ぬぐ》いされない。真沙流は、わたしとは違ってそれほど驚いている様子はない。たぶん、前から知っていたのだろう。

「では、どうぞお座りください」

淡々とした口調で二人を席に通すと、真沙流はわたしにドアの札をＣＬＯＳＥＤに替えてきてほしい、と頼んだ。貸し切りにするつもりのようだ。

先日、真沙流はあの美味なるチーズフォンデュを開発した。しかし、いくら美味しいフォンデュでも、そんな程度のもてなしで二人の仲が修復するとも思えない。それに、ナオさんは常連で、うちの店のチーズフォンデュをすでに食べたことがある。もちろん、メニューの味とは違うが、ちょっと味が違うくらいでは特別感は出せないだろう。しかも二人は喧嘩中なのだ。

　こうしている今も、二人は互いの側の腕で頰杖《ほおづえ》をつき、そっぽを向いている。竹中さんはナオさんにどこまで話しているのだろう？　このあいだの喧嘩の話をわたしたちに話したことは言ったのだろうか？

　わたしは薫さんが土曜の夜にわざわざ届けてくれたワインを二人に注ぐ。

「本日のワインは、オランダ産〈アポステルホーフェ〉のオーセロワの１９９７年ものになります。王室でも愛されていると言われている辛口白ワインです。しっかりとした酸味の中に円《まろ》やかなフローラルの香り豊かな甘みがあってチーズとの相性も高い、とこれは当店と縁のあるワインソムリエの言葉です」

　少しは説明にも臆《おく》することがなくなってきた。こういうのも経験値というのだろうか。始めたばかりの頃は、台詞《せりふ》が閊《つか》えることも多かったことを思えば進化したものだ。女優かアナウンサーにもなれそうな気がしてくる。それは言い過ぎか。

「本日は、有機野菜のフライをチーズフォンデュでお召し上がりいただきます。ただし、フライといいましても、ノンオイルで揚げております」

　そう、これが先日真沙流のひらめいた工夫のひとつなのだ。

「オイルを使わずに揚げる？」

「ええ。オーブンを使って一切のオイルを使わずにからりと揚げておりますので、脂《あぶら》っこさはありません。お手元のチーズフォンデュに浸してお召し上がりください」

ふたりの席にカクロンをセットし、蠟に着火する。その横に色とりどりのノンオイルで揚げた野菜が鎮座している。南瓜《かぼちゃ》、オクラ、ズッキーニ、パプリカ、ブロッコリー、茄子《なす》、トマト。いずれも豊かな色彩を保ったままカリっと揚げられたものだ。

竹中夫人の表情は怪訝《けげん》そうだった。無理もない。彼女が日頃、ランチに頼むラクレットのほうがボリューミーでよほど豪華な内容だから。しかも用意されているのは野菜のみ。これでは腹が満たされるとも思えない。

「まあお酒の肴ということよね」

彼女は取り繕って頭を切り替えようとするみたいに、茄子をフォンデュ専用のほっそりとしたフォークで刺した。

「鮮やかな色ね。野菜ってこんなにきれいな色をしていたかしら」

たしかに、たとえば茄子は煮れば大抵、薄汚れた紫と茶の中間色に落ち着く。だが、彼女がいまフォークを突き刺したそれは海外のロックバンドを想起するくらいの深い《ディープ》紫色《パープル》だった。

「料理の際にはどうしても蒸したり煮たりして出されることが多い。すると、水分によって茄子本来の鮮やかな紫は失われます。でも、水を使わなければ、色彩も損なわれない」

「なるほど。たしかに天ぷらの時なんかは衣の下ではきれいな色をしているわよね」

ナオさんは茄子をフォンデュソースにたっぷりと浸した。その顔にはわずかながら、胡《う》散《さん》臭いものを見るような雰囲気が漂っている。わざわざ呼ばれて、出てくるのがフォンデュでは、チーズマニアなら気持ちが減退するのもわからないではない。

けれど、ナオさんは気持ちを切り替えるようにしてそれを口に運んだ。竹中さんもナオさんを横目で見ながら、玉ねぎにフォークを刺し、同じようにフォンデュソースをたっぷり塗って口に運んだ。

そして――二人の顔に、ほぼ同時に衝撃が走った。

「え……こんなことって……」

驚きの理由はわたしにはよくわかっている。金曜の夜に試食しているし、と思いながら頷いていると、真沙流がわたしの前にも皿を置いた。

「君も食べてごらん」

「え、いいよ、わたしは。こないだ食べたし……」

「あれより数段おいしいよ」

「あれより？」

そう言われては食べないわけにはいかない。しぶしぶわたしはジャガイモにフォークを刺し、フォンデュソースにつけて食べた。

「……嘘《うそ》……え、これ何？」

まるで手品だった。二日前に食べたそれは、たしかに美味しかったけれど、これほどのものではなかった。前回食べたのがどこかのカフェで流れてくるイージーリスニングだとしたら、これはブルーノートで聴く生のジャズ。〈数段〉なんて大嘘だ。〈数億段〉ちがうはず。

まず舌を包み込むチーズの深み。そう、深み。いやだな、チーズのことで深みとかそんなことを言いだすようになるなんて。自分が呪《のろ》わしかったが、もっと呪わしいのはこの味の虜になっている舌のほうだった。甘み、塩味、旨味が溶けあいながら口の中で徐々に味わいを変えてゆき、深みとしか言いようのない領域に食べた者を連れ込む。

そのおかげで、さらに野菜の味が引き立っている。まるで化学反応だ。揚げ物に変えたのも、大きな成功の原因といえた。それもノンオイル。カリッとした食感がチーズのまろやかさの背後でキレのいいダンスを披露する。これは極上のエンタテインメントになり得ている。

「すごい……どうしてこんな味に？」と呻く竹中さん。

「なんていうチーズを使ったの？　よほど珍しい種類の高級チーズを使ったのでしょ

う？」

ナオさんは我も忘れて興奮気味にそう尋ねた。竹中さんもその意見に賛同のようで激しく頷く。二人ともチーズ好きな点では完全に一致していると見えて、いまやこのチーズの正体知りたさに真沙流に食い入るような視線を向けている。

真沙流はわずかに頬を赤らめ、二人の視線から逃れたがるように天井に視線を泳がせている。そうだ、この人女性が苦手なんだっけ。

「何というチーズで作ったのかだけでも教えてもらえない？」とナオさん。

「えっと、えっと……ですね」

「きっと特別なチーズを使ったのよね？　こんなチーズフォンデュ食べたことがないわ」

「使ったのは………ゴーダチーズです」

その回答に、夫妻は思わずといった感じで顔を見合わせた。

それから竹中さんが笑い出した。

「またまたご冗談を。真沙流さんも人がわるいな。いくら素人《しろうと》だと言ったって、僕らもチーズ好きを自称する人間だよ。たしかにゴーダチーズはクリーミーでいてくどさがなくて、万能だけどね。とくに日本人の舌との相性がきわめていい。でもね、ゴーダチーズにここまで深い味が出せないことくらい、わかるよ。ゴーダチーズも好きだよ？　だけど、あれはそういうものじゃないでしょ。何も肴がないときに、ありあわせであったら嬉《うれ》しいチーズであって」

「でも、本当にゴーダチーズなんですよ」

「いやだなあ、まだそんなことを……本当なの？」

「はい」

　真沙流はいったん厨房に引っ込むと、チーズの袋を抱えて戻ってきた。

「これを使いました。昨日、チーズセレクトショップ〈フォルマッジョ〉で購入したオランダ南ホラント産のゴーダチーズです」

　夫妻はふたりでそのチーズの匂いを嗅ぎ合った。その様子たるやお目当ての餌《えさ》を台所で見つけた猫みたいだった。

「ほんとうだ、これはたしかにゴーダチーズ……だけどこんな……」

「こんな旨味が濃縮されていて、しかも余韻が長く続く味わいはゴーダチーズには出せない。そうお思いなのも無理はありません。それが一般的なイメージというものですから。しかし、実際のところ、ゴーダチーズというのは、熟成するほど味わいが変わるのです。このゴーダチーズは、世界的に有名な熟成士、ジャン・ジャック・アレオスによって四十八カ月熟成されたものです。チーズの中でも熟成期間としては最長の部類です」

「四十八カ月……！　四年間も？　すごい。ゴーダチーズの熟成といったらせいぜい半年とかそんなものだと……」

「世に出回っている多くのゴーダチーズの熟成期間はそのくらいです。でもそれがすべてではない。ゴーダチーズは、ありふれたチーズには違いありませんが、このように歳月によって味わいが変化するのです」

　それから一拍置いて、真沙流は続けた。

「なにもチーズにかぎらず、ありふれたものでも、歳月によってそうでもなくなる、ということはあります。違いますか、ナオさん」

　少しだけ照れながら、それでも真沙流はナオさんに視線を向けた。

　ナオさんのほうは、真沙流の言葉に一瞬怪訝な顔をしていたが、それから竹中さんのほうを見やり、ハッとした表情になった。何か、思い当たる節があったのか。

「先日、竹中さんから〈九個のビー玉〉を捨てた、とお聞きしました。その件で、ナオさんからひどく怒られた、とも」

「恥ずかしい……家庭の恥をこんなところで話すなんて……」

　ナオさんに咎《とが》めるような視線を向けられ、竹中さんは気まずそうに肩をすぼめた。

「竹中さんを怒らないであげてください。我々に話して下さったのは、我々が知人でも友人でもなく、ほかに吹聴《ふいちょう》する心配のない存在だったからです」

　ナオさんはじっと真沙流を見て、その言葉に少し冷静さを取り戻したようだった。

「竹中さんは、そのビー玉は〈どこにでもある、普通の、夜店で売ってるラムネのビー玉〉だと仰《おっしゃ》いました。そして、実際にそれと同じものを見せてもくれました。ですから、竹中さんの認識にまちがいはなかったと思います。それは実際に、どこの夜店にもある、ありふれたラムネのビー玉だったのでしょう。しかし、にも拘《かかわ》らずナオさんは怒った。そこでこう考えてみることにしました。そのビー玉はどこにでもあるラムネのビー玉である。しかし、ナオさんにとってはそれ以外の意味があった——と」

　ナオさんの表情に動揺が浮かんだのを、わたしは見逃さなかった。真沙流の言葉のなかに、彼女の琴線に触れるものがあったのだ。真沙流は続けた。

「お子さんにとって重要なものだった、という線も考えましたが、ほかにもお子さんにとって大事なものはいくらでもあった、という話を考えると、ビー玉だけに怒る理由がわからないのでこの可能性は除外しました。すると、怒る理由はお子さんにではなく、ナオさんにあるのでは、と。そうなると、そのビー玉がいつ頃、どこから来たのか、が問題になってきます。そこで、はたと気が付きました。もし捨てたのが〈夜店で売ってるラムネのビー玉〉なら、それを集めた人はビー玉の数だけ祭りに通ったことになります」

「……そうとは限らないわ。ラムネならスーパーでも売ってるもの」

「しかし子どもの頃ならともかく、大人になってからわざわざスーパーでラムネを買う人はあまりいない。お子さんのためとも考えましたが、家では炭酸飲料は飲ませないという話を聞いて、それもないな、と考えました。そうなると、やはり入手したのは祭りの夜。祭りの夜は、誰と過ごすかで特別なものになりますよね」

　ナオさんは髪をいじりながらじっと黙った。勘の鈍い竹中さんはまだ何も気づいていないようだった。

「どういうことだ？　まさか君、僕以外のやつと祭りデートを……」

「は？　バカじゃないの？」

　これはまずい展開だと考え、わたしは助け船を出すことにした。

「竹中さん、〈どこにでもある、普通の、夜店で売ってるラムネのビー玉〉と仰ったのは、竹中さんご自身が、ラムネのビー玉のことを夜店でのみ認識されているからではないでしょうか？」

「え？　ど、どういうこと？　だったら何なの？　僕の認識がどう関係してくるんだよ？」

「ご結婚されて今年でたしか七年、でしたよね。その前は何年交際を？」

「……二年だけど？」

　まだピンときていない。わたしは内心の苛立《いらだ》ちを押さえつつ話す。

「交際二年、結婚して七年。足して九年。ビー玉の数と同じですね」

「え……あ、ほんとだ……って、え？　ええ？　もしかして、そのビー玉って……」

　その後を、真沙流が引き取った。

「恐らく、竹中さんと毎年通ってらっしゃるお祭りの夜に購入されたラムネのビー玉です。竹中さんご自身はビールでもお飲みになるから意識なさらないのでしょうが、一方でラムネのビー玉と言ったら夜店、とインプットされていた。それはきっとご一緒に行動される方がいつもラムネを買うからこそ無自覚に記憶してしまったのでしょう。一緒に行動される方、つまり奥様のナオさんです」

　そう、わたしは重要な同伴者の部分を勘違いしていたのだ。もっとシンプルに考えれば答えはすぐそこにあったのに。

「ナオさんは、竹中さんとの交際の始まった年から、そのラムネのビー玉を大切にとっておられたのです」

「え？　え？　ええええええええ？」と竹中さんは頭を抱えだす。

　溜息《ためいき》が出そうだった。ナオさんの悲嘆を思うと、竹中さんをもっと叱《しか》りたいような気さえする。真沙流はナオさんにそっとタオルを差し出しながら付け加えた。

「ナオさんにとっては結婚してからの歳月ではなく、付き合いだしてからのトータルの歳月が重要だったのです。そうですよね？」

ナオさんは、頷かなかったが、シャンデリアを見上げるその目にはうっすらと涙が溜まっていた。わたしは金曜日にナオさんが言っていた言葉を思い出した。

――いちばん悲しいのはね、アニヴェルセール……記念日が台無しになること。

またこうも言っていたっけ。

――まだ来てないんだけどね、記念日。でも台無しにされたようなもんなのよねぇ。

私と彼の大事な日だったのにさ。

まだ来ていない記念日。それは、二人が交際を決めた日。それもその十年目。

「今度の夏祭りで十個目が集まるの、楽しみにしてたのに」

竹中さんはアイロンの焦《こ》げ痕《あと》がくっきりついた白シャツを見るような顔で夫人をみていた。

「うぁああああ！　ごめん！　ごめんなさい！　ごめんなさいぃいいい！」

ナオさんの涙とは違って、竹中さんの涙は決壊したダムのようにあふれ出ていた。

「僕だって覚えてるよ、どの祭りの夜も特別だったよ！　君の浴衣《ゆかた》姿だってどの年がどの柄だったかも覚えてる……うわあああああ」

「あの、もういいから、恥ずかしいから泣き止《や》んで、あなた、ね。わかったから、わかったから。あなたにそれがわかってもらえたら、もう怒る理由がないもの」

ナオさんの顔に、ようやくうっすらと笑みが浮かんだ。本当に？　本当に？　と何度も確認する竹中さんに、ナオさんは子どもをあやすときのようにしっかり大きく頷いてみせ、それから「さあ、残りの料理も冷めないうちに食べましょ？」と言った。

竹中さんは涙をぬぐってフォンデュ専用のフォークをもち、特大のズッキーニにチーズフォンデュをとろりと絡《から》めた。

9

「なるほど。ありふれているかどうかは、その人次第ってことか」

二人が出て行ってしまうと、入れ違いでいつもの調子で薫さんが現れ、カウンター席に陣取った。すでに微《かす》かに外で飲んできているようでほんのりと顔が赤い。

「ふふふ、しかし、そんなに女心のわかる奴《やつ》が女性嫌いとはね」

その言葉に、真沙流は食器を片付けながら口をとがらせる。

「違うよ…べつに女心がわかったわけじゃない。歳月がありふれたものに価値をもたらすのは、チーズも同じってだけさ」

すると薫さんがまた笑った。

「そんな慌《あわ》てることないだろう。べつに女心がわかったっていいじゃないか」

「わ、わからないよ……僕にはそういうのは一切ね」

再度否定する真沙流だったが、その様子を見ながらわたしはふと、さっきのやり取りで思ったことがあったのを思い出した。それはビー玉の真実を竹中さんに知らせたときのこと。真沙流はナオさんが涙をみせるそのわずか三十秒手前で、すでに涙を拭《ふ》くためのタオルをナオさんの前にそっと用意していたのだ。

　ビー玉の真実に気づくのは純粋な推理かもしれないけれど、あのときの行動だけは単なる推理ではない気がする。慌てて否定する真沙流を見ながら、わたしは真沙流の女嫌いが生来のものではないのかも知れない、と考えた。

　いつから真沙流は女が苦手になったのだろう？

　それに――そうだ、聞きたいことがあったのだ。

「そういえば、真沙流、いつからビー玉の謎解けてたの？」

「ん？　最初からだよ」

「だったら、竹中さんが一人で来店した時に教えてあげたらよかったのに」

　すると真沙流はカウンターにやってきてワイングラスを取り出しながら言った。

「謎を解くなんて、その気になれば誰にでもできることさ。ちがう？」

「それ嫌味？　わたしは真相に辿り着けなかったけど？」

「でも惜しいところまではいった。ほら、世の中、推理小説読んでも『途中で真相わかっちゃったけど』とか言いたがる人で溢《あふ》れているでしょ。みんなその気になれば解けない謎なんてないんだよ。でも、それよりどうやって絡まった糸を解きほぐすか。チーズ料理屋の僕が考えなくちゃならないのは、きっとそっちなんだよ」

そう言いながら、真沙流はわたしと真沙流に均等にワインを注ぎ分けた。

謎を解くことが重要なのではなく、謎をどう解くかが重要。

そうかも知れない。それこそ、チーズを溶かすように、真沙流はとろけるような手順で推理を行なった。推理自体がおもてなしに組み込まれていたのだ。

その流儀こそ、わたしがここに居座っている最大の理由かも知れない。

チーズ色の壁に包まれた〈マージュ〉に、今宵《こよい》も長い夜が訪れようとしていた。

いろんな悩みを抱えた人の住む街、東京。

その片隅に、憂鬱《ゆううつ》をとろかす料理店がある。次は誰がその虜になるのだろう？　真沙流がグラスを掲げた。

「歳月の魔法に。竹中夫妻のこれからに」

「乾杯」

そして、ひっそりとわたしは心で付け足す。竹中夫妻にかぎらず、ここを訪れるゲストに幸あれ。わたしが、この三カ月で変われたように。

第2話

ヴァランセに
悔いはなし

1

はんじょうはんじょうまたはんじょう――。

窓の外の大雨が、そう言っているように聞こえてしまったのは、わたしの頭がどうかしていたんだろう。このところ、連日のように〈マージュ〉のランチは超満員。今日は雨だし、さすがに客足も遠のくだろうと思ったら、また過去最高を記録するレベルの大混雑だった。そりゃ幻聴の一つも聞こえてくるってものだ。

最後のお客が帰ると、数時間遅れでようやく雨音がわたしの耳に届けられて、ああ今日はもう一日ここから出ないでおこう、なんてことをぼんやり考えた。ありがたいことに、食材は山とある。

こんな日は、ネトフリでジム・ジャームッシュの作品でも漁《あさ》りながらぼーっと過ごすに限る。ジャームッシュの作品は筋なんてあってないようなものだ。そこに流れる空気感を愉《たの》しむものだから。

しゃなしゃなと、優しい雨音が、疲れを癒《いや》そうとしているようでもあった。もう、はんじょうはんじょうなんて聴こえない。

「ああ……夜の予約を入れずにおいてよかった……」

真沙流は厨房《ちゅうぼう》の奥にある休憩用のソファにぐったりとした姿勢でもたれかかっていた。このソファはソファベッドで、夜になるとわたしの寝床になるが、今は家主に優先権がある。

「お疲れ様」

わたしはその脇《わき》にある小さな円卓に濃いめの緑茶を置いておいた。伊右衛門の濃いめを二倍にしたような濃いやつ。そのとなりにとらやの羊羹《ようかん》〈おもかげ〉も添えておく。糖分補給で思考力をアップしてもらうとしよう。

「そうだ美藻、せっかくだし、アレやろうよ」

「アレ？　やるの？　また負けるよ？」

アレ、というのは、最近わたしがハマっているバトルロワイヤル型のソシャゲ〈GOGOアーミー〉のことだ。わたしがやっているのを見て真沙流もやりたくなったらしく、先日からやり出したのだが、これが下手で下手で見ていられないのだ。初心者ってそんなもの？　いや、わたしだってやり出してまだ数週間とかだけど……と呆《あき》れるレベルで下手だ。

「真沙流、ふだんの推理力をもうちょっとサバゲーに活《い》かせばいいのに」

「鯖《さば》……なに？」

「サバゲー、サバイバルゲーム」

やれやれ。おじいちゃん相手に一勝負してやるか、とわたしはアプリを立ち上げ、対戦ルームを作って招待してあげる。一度、大勢の人たちとのバトルロワイヤルに参加させてあげたけれど、わたしとはぐれて一瞬で死んでしまった。そのときの呆然《ぼうぜん》とした表情が哀れで、以降はわたしとの対戦のみにしてあげている。もうここまで来るとボランティアに近い。

ほどなく対戦が始まる。短期決戦用に用意されたアルク街区は荒れ果てたニューヨークのスラム街みたいな雰囲気。実際のそれとの違いは人っ子一人いないところだ。ここにいるのはわたしたちだけ。わたしは錆《さ》びついたキャデラックの裏手に身を潜めている。

ほどなく、足音が聴こえてくる。イヤホンをしているので、その足音は真沙流のほうには聴こえない。わたしにだけ聴こえているが、もちろんこれは真沙流のアバターの足音だ。対する真沙流のほうには、わたしがどこにいるかバレていない。だってまだ手を動かしていないから。わずかに離れた場所にライフルが落ちている。あれを入手して、それから銃弾も手に入れなければならない。真沙流もそれくらいのことはわかっているようだが、如何《いかん》せん元気にバタバタと走り回るので居場所を教えて回っているようなものだ。この人、戦場では生き残れないタイプに違いない。

わたしは這《は》って進んでライフルを手にとると、さらにその向こう側の破れたフェンスの手前にある銃弾の箱を入手した。これでいつでも発射できる。すると、また足音がスタッスタッスタッと聴こえてくる。うん、真沙流くん、どこにいるのか一目瞭然《りょうぜん》だよ。足音が右のイヤホンから左のイヤホンに切り替わる。つまり、画面右から左に真沙流が移動しているのだ。恐らくキャデラックの向こう側。わたしは這いつくばってキャデラックの下に入り込む。

　すると——路上の真ん中で手ぶらのまま右往左往している真沙流のアバターを発見。

「真沙流、丸腰じゃん」

「だ、だって、ないんだよ、武器が……」

「そのへんに落ちてるよ。ていうか、撃っていい？」

「え？　え？　だ、ダメだよ！」

「そういう情けはね、戦場では通じないのです。お疲れ様ー」

　ズドン。真沙流のアバターに照準を絞って、バキューン。アバターが苦し気に血を流して倒れる。〈YOU WIN〉。あざーっす。

「ぐはっ……」

　真沙流は本当に撃たれたみたいにソファに倒れ込む。

「まあまあ、死体くん、元気だしなよ」

　わたしは紙袋から駅前のカヌレ専門店〈クラウン〉で買っておいたカヌレを取り出して渡した。

「ん、あれ、珍しいね、カヌレ？　久しぶりだなぁ」

「真沙流って甘いものに目ないよね。スイーツ専門店開けばよかったのに」

　わたしも自分用に買っておいたカヌレを頬張る。最近見つけて気に入っている〈クラウン〉のそれは蜜蠟《みつろう》が少し多めで表皮がやたらパリッとしているくせに中はしっとりしていて、そのツンデレ具合にわたしは脳天をやられてしまったのだった。

「いや、作るのはチーズ料理がいちばん。カヌレにチーズを流し込む、カヌレ・フロマージュなんていいかも知れないね」

　真沙流はそんなことを言いながら、よろよろと身を起こす。死体くん、復活の御様子。何より何より。それから二人でカヌレを頬張って、何だか二人同時にああとかうとか呻《うめ》き声を上げた。昼のラッシュの疲労感でやられた体は、カヌレの甘やかさにあっさり全面降伏宣言をしている。もうこのまま天に召されてもいいくらいに。

　でも、しょうじき、自分にショックだ。スイーツを好む女子なんてテンプレには絶対にハマるものかと思っていたし、何なら高校時代はクラスメイトが休み時間にお菓子の交換にいちいちキャーキャー言うのさえ鬱陶《うっとう》しく思っていたくらいなのに、このところ連日カヌレに現《うつつ》を抜かしている。そんな人間じゃなかったのに。

何だか、シャンとしちゃったな。普通っぽい。ぬるま湯だ。こんなに平和でいいんだろうか。そんなふうに思ってしまうのは、三カ月前までの生活がひどすぎたせいだ。それがもはや今ではフィクションだったのではないかと思えるくらい遠ざかっている。

もちろん、無理に思い出せば今でも心臓がきゅっと締め付けられる感じはあるけれど、幸いなことに、過去に蝕《むしば》まれるほどの暇は与えられていない。

「いやあ、極楽だね……」

思わずそう呟《つぶや》いてしまった。すると、真沙流がそれに反応してフッと笑った。

「なんか、嬉《うれ》しいな。最近、美藻の表情が柔らかくなった」

「わたしの表情が？　柔らかくなった？　曖昧《あいまい》な表現ね」

「ハードタイプのチーズからウォッシュタイプのチーズくらいに柔らかくなった」

「あのね、チーズに譬《たと》えろという意味じゃないの」

「そういえばさ、君が店に来た日に一緒に来た彼女、いまどうしてるだろうね」

「ああ、彼女ね。うん、そうね」

わたしを助けて、この場所へ導いてくれた女性。赤い巻き毛の女神。その女神は、きわめてロックな人だった。

わたしは、ひさびさにこの店に駆け込んだ日を思い出す。

ああ、そうだった。三カ月前、あの日もたしか、今日みたいに雨が降っていたのだった。陽春の色彩を払い落とすような雨が――。

2

「やっぱ三時間前から並んでいたから、いい席とれたな！」

　幹夫の左肩のタトゥーが汗で湿っているのを見ながら、わたしはそうだね、と小さく答えた。三時間前から並んでいたのはあんたじゃないけどね、と内心で毒づきながら。

　交際歴二年。最初の半年でこの男の最低加減を見抜けなかったのが、思えば敗因だった。すっかり心を許したあたりで、幹夫が頻繁に家に泊まるようになり、「これなら一緒に住んだほうがよくね？」と言われて同棲《どうせい》がはじまった。

　でもいま考えれば、それも幹夫が自分のアパートの家賃を払いたくなくなったからというだけだったのかも。同棲後も、幹夫がわたしに家賃を折半しようと持ち掛けることはなかった。よくまあ、わたしもそれを許していたもんだ。

　何事もタイミングというのがある。最初に同棲を始めるときに、家賃はどうするのかとわたしのほうから切り出せばよかった。でも、あの頃はまだ、愛情はあっても互いに本音で語り合えるほどではなく、譲り合うようなところがあったし、幹夫はＷ大学の理工学部の学生で、バイトする時間もないほど研究が大変だと主張していた。だから、家賃のこともべつに今までもわたしが払ってきたし、これからもわたしが払うのが自然、と思い込んでしまったのだ。

　この男が暴力まで振るうタイプだと知ったのは、同棲してしばらく経《た》ってからだった。幹夫は理工学部のくせにあまり理論的にものを考えられないところがあった。ある時、口論になってわたしが幹夫を理詰めで追い詰めていたら、それが気に入らなかったのか、急にわたしに手を上げた。頬をぶたれたのだ。その時に刺し殺すくらいの気迫を見せればよかったのだけれど、うっかりごめんなさい、と謝った。これがいけなかった。

　ぶたれた後は、幹夫が急にこっちに優しくなり、甘い言葉を囁《ささや》いて恋人らしいあれこれのやり取りがあった。だけど、結果的に暴力行為に免罪符を与えたことになり、数日空けてまた同じことが起こった。手を上げたあとは、決まって好きだの愛してるだのと言って抱き寄せられる。そんなことが三度、四度と、日を追うごとに増えていった。

　幹夫の長所と言ったらただ一つ。煙草《たばこ》を吸うことに何も文句を言わないことくらいだった。その点は、わたしの母親よりマシかも知れない。でも、本当にそれだけだった。

　部屋ではいつだって幹夫の大好きなヘヴィメタルバンド〈メンタルタール〉のナンバーが爆音で流れていた。もともとは音楽好きだったわたしだったが、自分の趣味じゃない音楽が、口論している時にも流れ続けていたりするので、だんだん音楽が流れると自動的に気分が悪くなるようにもなった。そのうち、一人でいても音楽なんて聴くもんかという気分になり、幹夫がいない時くらい静寂を愉しまなくちゃ、と思うようになった。でも、静寂の中でじっとしていると、幹夫の聴いていた音楽が脳内によみがえってやっぱり吐きそうになった。生きているのがつらいというレベルになっても、〈メンタルタール〉の音楽は、わたしの脳内で無情にも演奏をやめないのだった。

　四月のある日、その〈メンタルタール〉が解散ライヴをやるというので、幹夫はちょっとした祭り騒ぎになっていた。でも、わたしのほうは、逃げる好機だな、と思っていた。というのも、その頃の幹夫はかなり束縛が激しくなっていて、わたしのスマホに着信があるとまず幹夫が先にチェックするという監視下にあって、同性にすらうまくコンタクトをとれる状況になかったのだ。

　その頃バイトしていた落合のファーストフード店では、勤務中、ずっと幹夫が客席で待機していて、終わると一緒に帰るというのが日課になっていた。一人になるチャンスがまったくない鳥かごのような暮らし。束縛もここまでくると、ビニール袋に顔を突っ込まれているのに近い。

　だから、逃げるチャンスは何としても逃したくなかった。

　ライヴは中野の駅前ホールで行なわれた。それくらいの規模を貸し切れる程度には、そのバンドは売れていたようだ。わたしにとってはただの公害だったのに。今年でデビュー二十周年とかで、ヘヴィメタ界でもいまや重鎮クラスらしい。そんなバンドの今さらながらの解散に、幹夫は「わかんねえなぁ、でも見逃せない。行かないと」と人の金を使って勝手にライヴチケットを二枚購入していた。

間もなくライヴ開演の夜七時。会場に集まったファンたちは、タンクトップ姿が多く、その腕にはハートに矢の刺さったタトゥーが見えた。シールかホンモノかはわからないけれど、とにかくタトゥーをつけることで自分が特別な人間になれると信じているのだろうし、そこにはそれなりの道理や経緯もあるのだろう。そうは思いつつも、こうも同じタトゥーの人間が集まる場にいるとちょっと眩暈《めまい》がしてきた。

そしてわたしのとなりにも同じタトゥーをした男がいる。大学では飲みサークルに属し、それを「人から学ぶ場」と肯定的に表現する年上彼氏。出会った頃はすべてが「へーすごい」だったが、メッキが剝《は》げれば底の浅い宗教。経典も何もない。こんなものにすがるくらいなら、スピリチュアルなんとかにでもすがるのがいい。

「いやぁ俺たち運がいいなぁ。今から奇跡が見れるんだ。ここから人生始まるんだよ」

幹夫はかなり興奮気味だった。

わたしは「そうそう、それぞれ一人の人生がね」と内心で思いつつ相槌《あいづち》を打った。たぶん今日の雨で、桜も散るだろう。別れるにはもってこいの日だ。

会場を見渡した。みんな、これから始まるライヴに早くも興奮しきっている様子だった。わたしだってこのバンドとの出会い方が違えば、この空間に同化できていたかも知れない。わたしにとっては騒音でも、ここにいる人たちにとっては違うし、その事実は肯定したかった。きっとわたしのほうが特殊なはずだ。

　なぜだか、急に涙が出てきた。長い鳥かご生活で情緒がボロボロなんだな、と実感した。いい音楽もわるい音楽もないはずなのに、いつ暴力を受けるかわからない暮らしの中で、すっかり「不快な音楽」が形成されてしまった。ほんとうは不快な暮らしがあるだけ。それを拒絶できないから、音楽に転嫁《てんか》しているだけ。

　でも、今日で終わりにしよう。入場の時、チケットと引き換えにワンドリンクの紙カップが与えられていたけれど、経験的にこれはライヴ終了後に飲むのが吉。トイレに行きたくなってもライヴ中もモッシュがひどければ身動きがとれないから。モッシュ。これはライヴの観客席で、興奮した状態でせめぎ合う観衆が身体《からだ》をぶつけ合って浜辺に押し寄せる波のようにステージになだれ込むいささか迷惑な表現法だ。トイレに行きたい時にモッシュが始まるとほんとうに最悪なのだ。

　でも、幹夫のほうは後先考えずに先にアルコールを摂取していた。しめたものだ。

「あとでトイレ行きたくなるよ？」

「大丈夫だって」

　こう言って大丈夫だったためしはない。映画館だってディズニーランドだって、飲み物を飲んだら一時間以内にトイレに行く。でもそれ以上は何も言わなかった。だって好都合だもの。ほんとうはモッシュの最中に少しずつ距離をとって入口へ逃げる計画だった。モッシュはあっという間にもみくちゃにされてあらぬ場所に流される。だからどさくさに紛れて逃げるには打ってつけなのだ。

だけど、幹夫がトイレに行っている隙《すき》なら、そんな危険を冒さずとも逃げられる。

ほどなく、派手な白塗りメイクに夜叉《やしゃ》のような頭髪をした三人の男たちがステージ上に現れた。〈メンタルタール〉のメンバーだ。ギター兼ボーカルのヒロが紫色、ベースのヤスがブルー、ドラムのノムがレッド。彼らはスリーピースバンドだ。

　客席が熱狂する。もう、早くも耳が割れそうだが、次の瞬間爆音のエレキギターが場内に流れると、客席の騒音はむしろ電気の粒子に過ぎなくなる。そして、心臓を打ちのめすような高速のドラム。奈落《ならく》の底に突き落とすようなベースの重低音。それらが一体となって、地獄行きのマシンを創《つく》り出し、疾駆しはじめた。

　ライヴはなかなか盛況だった。〈メンタルタール〉の音楽に関心がなくても、ファンの興奮具合を見ていればそれはよく理解できた。もう、モッシュに次ぐモッシュですでに三曲、四曲終えた段階で汗だく。あらゆる方角から身体をぶつけられるため、骨が悲鳴を上げかけていた。

　ステージ上のバンドメンバーにも、その熱気は当然伝わっているようだった。白塗りで紫色の髪をしたボーカルのヒロはペットボトルの水を飲みながら呼吸を整えた。考えてみれば、この人たち、メイクしているからあまりわからないけれど二十周年ってことはけっこうな年齢なんじゃないだろうか。そりゃ息も上がるわけだ。

「ええ……今日で俺たちはバンド生活二十年にピリオドを打ちます。理由は、もう過去の自分たちの歌を演奏する限界がきたんだ。俺は若い頃より音域が狭くなったし、ほかのメンバーにしても前ほど速弾きが得意じゃない。今はそれぞれにとってちょうどいい音楽を探す時期が来てるんだ。そう思って、前向きに捉《とら》えてほしい」

　その言葉に、会場のそこかしこで嗚咽《おえつ》が漏れた。なるほど、などと感心して聞いていたのはわたしくらいのようだ。たしかに〈メンタルタール〉の楽曲はエレキギターもぎゅいんぎゅいんと高速でがなり立てるわドラムは耳が痙攣《けいれん》する勢いで連打されてるわボーカルはシャウトしっ放しだわで、あれを一生続けるのは無理があるというのはよくわかる。

「でも俺たちがんばったほうだよ。デビュー前までうちでギター弾いてた奴《やつ》なんて契約決まってたのに『こんなの続けられっこない』って見切りつけてやめちゃったし、周りの同世代のバンドマンだってもうみんな今じゃスーツ着て働いてる。俺たちがおかしいんだ。むしろ、遅すぎたんだ。だから、とにかく祝福してほしい」

　そうだよ、祝福してあげなよ。そしてわたしも、自分の決断を自分で祝福してあげよう。遅すぎることなんてない。今日がはじまりなんだ。〈メンタルタール〉さん。あなたたちだってきっとそうだよ。わたしは初めて、ステージ上の彼らに多少のシンパシーを感じていた。

次の歌がはじまったら、いよいよ逃げるタイミングを探そう。

と、そう思っていたら、幹夫が囁いた。

「わるい、ちょっとトイレ行ってくる」

「あ、行ってらっしゃい」

渡りに船とはこのこと。ステージは感動のスピーチがまだまだ続いていて、ボーカルが大昔に抜けたメンバーが自分に譲ってくれたとかいうレスポールを掲げてみせたりしている。

幹夫はその間、人ごみを泳ぐようにして右側の出口へと向かっていく。幹夫に気づかれずに出て行くために、わたしはその出口とは反対側を目指した。しかし混み合った会場では、五メートル進むのもプールの中を歩くみたいに難儀だ。

ようやく出口に辿《たど》り着いた時にはレスポールが甲高い音を発して次の曲のリフを奏《かな》ではじめていた。さすがにわたしでも一発で何の曲かわかった。タイトルは知らないけど、たぶん、このバンドの代表曲なのだろう。サビの〈昨日はノー／イエス以外ノー〉って部分はやけに耳に焼き付いていた。歓声も一段と大きくなっている。

幹夫って不運だわ。これ幹夫がいちばん好きな曲だ。よりによっていちばん好きな曲のときにトイレに行くなんて。しかも、戻ってきたら恋人が消えているなんて。わたしは幹夫がこの先の人生でこの楽曲を好きでい続けられるだろうか、と考えた。ええぜひとも、好きなままでいてね。曲には何の罪もありはしないわけだし。

ほうほうの体で、出口に辿り着き、重たいドアを押し開けた。

ドアが閉まる。爆音が遠のき、くぐもった音に変わる。

そこで初めて、汗だくの自分と、乱れた心臓の音に気づくことができた。

やれた。逃げだせたのだ。

けれど、通路を歩く足が震えている。遅れて興奮が胸に押し寄せてきた。人ごみから抜けた開放感と、幹夫からおさらばできる解放感の二重奏で、わたしはうずくまって泣き出してしまった。何してんの、立ちなさい。早く逃げないと。自分で自分を鼓舞し、どうにか立ち上がる。せっかくここまで来たんだ。早く行かなきゃ。

ところが――。

「何してんだよ、美藻」

あまりに虚をつかれ、わたしは身じろぐことすらできなかった。

背後から聞こえてきたのは、幹夫の声だった。

トイレは反対側のはず。なのに、幹夫はどういうわけかそこにいた。

「おまえもトイレか？」

「……う、うん……ちょっと気分悪くなっちゃって」
「へえ。つうかさ、おまえもしかして、逃げようとしてねぇ？」

3

幹夫の顔は笑っていたが、笑っているときの幹夫がいちばん恐ろしい。それは暴力衝動が限界値に達しようとしているサインでもあった。いつも、その数秒後に殴られる。

わたしはただ弱弱しく首を横に振った。

「最近、ちょっとずつ荷物減らしてたろ。気づかないとでも思ったのかよ？」

心臓に氷を当てられた気分だった。まだ幹夫との距離はじゅうぶんあった。でも、わたしの足は恐怖ですくんでしまって、一人では歩き出せそうになかった。幹夫は自分がトイレに行くタイミングでわたしが逃げ出すと踏んで、わざとトイレに行くふりをしたのか。

わたしはどうにかもつれる足で少しずつ後ずさった。

その時、ライヴ会場のドアがわずかに開いた。一瞬だが、誰かが通路に顔を覗《のぞ》かせたようだった。けれど、状況的に細かく把握はできずにいた。ただ、思うように動かない体と、どんどん縮められる幹夫との距離にエスカレートする鼓動を聴いていた。

その時、華奢《きゃしゃ》で、ひんやりとした手がにゅっと伸びて、わたしの右手を摑《つか》んだ。

誰かを助けるために用意された頼もしいテクスチャーではなく、繊細な手作業をするために用意された手に思えた。

「ついてきて」

無声音で囁かれると、呪縛《じゅばく》が解けたように体が動いて、その華奢な手に引かれるままにもう一度ライヴ会場に引き戻された。手の正体を確かめる余裕はなかった。

会場に入るなり、いきなりその人物はわたしの頭に、何も言わずに自分の被《かぶ》っていた帽子をかぶせた。驚いたけれど、適切な措置だった。おかげで、幹夫はすぐに入ってきてもわたしがどこにいるのか分からなくなったのだから。

何しろライヴ会場では服装なんか見えない。

ただ頭部がそこかしこにある感じ。帽子があれば、相手の盲点をつけるのだ。

分け入ることすら困難な大モッシュ感謝祭の中に前かがみの姿勢で入り込み、岩と岩の隙間に入り込んで鮫《さめ》から身を隠す小魚にでもなったようにうねりながら進んだ。

あのまま通路を逃げていれば、幹夫に追いつかれて捕まっていただろうが、東京の通勤ラッシュを五倍濃縮したようなモッシュの中なら、幹夫にもわたしたちの位置を把握することができないはず。縫うように進んだ先に、べつの出口が見えた。

「ここから出よう」

さっきよりずっと大きい、はっきりした女の人の声。さっきまで性別が曖昧だった赤い巻き毛のその人物は、女神だった。

彼女がドアを押し開け、わたしは通路に引っ張り出された。

今度は、幹夫の姿はなかった。そこは会場入り口の最寄りの通路で、すぐ目と鼻の先ではライヴのグッズ販売をしていた。わたしと彼女はその脇を通り抜けて会場の外へ出た。出るときに再入場はできない旨《むね》をスタッフに言われたが、わたしたちは足を止めずに何度も頷《うなず》いてそれに答えた。

傘《かさ》を差すのも忘れて走り、会場を出てすぐの歩道橋を渡るところまで来て、ようやくわたしはわたしの手を引いてくれた女神の正体を確認する余裕が出た。彼女は仕事帰りのようなスーツ姿をしていたが、白のブラウスは汗と雨のためにびしょ濡《ぬ》れになっていた。

「ふう。危機一髪」

彼女はニッと笑いながら傘を差して、わたしを中に入れてくれた。印象的な二重の目が、わずかに細くなった。

「ヤバかったね。あいつ、彼氏？」

「もう、今はちがいますけど」

相手にとっては、まだそうだろうけれど。よく正面から見ると、彼女は東南アジアの市場に売っていそうな人形くらい目鼻立ちがはっきりしていた。赤い巻き毛とも相まって、余計にそれが際立《きわだ》ち、本当にどこの国の人かよくわからない異国情緒に満ちた雰囲気になっている。エキゾチックな女神だった。

「わたし、君を連れ出してよかったんだよね？　迷惑だった？」

　わたしは首を横に振った。

「あの、本当に、助かりました……」

言ったとたん、足が震えているのに気づいた。全身に力が入らなくなってその場にへたり込んだら、彼女が背中をさすってくれた。涙がとめどなく溢《あふ》れてきた。

「よかったよかった。よしよし、もう泣くんじゃないよ。行こう。事情はわからないけど、美味《おい》しいもの食べよ？　わたし、鴻上那奈《こうがみなな》。刹那《せつな》の那に、奈落の奈で那奈。はい、もう知らないおねーさんじゃないから、ついていっても問題ないでしょ？」

　那奈さんは、わたしに被せていた帽子をさっと奪ってかぶった。元からそこで一体となっていた商品のように、帽子はきれいに彼女の頭に収まった。どこか少年じみた笑顔の女神が、わたしを見下ろしていた。

「ふうん、そんな奴なら一発痛めつけてやればよかったね」

那奈さんは、帽子でぱたぱたとブラウスの中に春の夜風を誘い込んだ。思いがけず大胆な赤い下着、その少し上にハートに矢の刺さったタトゥーがみえた。

「な、なに見てんの君」

那奈さんはわたしの視線に気づいて、やや取り乱して言いながらブラウスのボタンを嵌《は》めた。

「いまのって、さっきのバンドの……」

「そう。メンタルタールの象徴」

「わたしのせいでライヴ途中で抜けさせてしまってごめんなさい……解散ライヴなんて今日しかないのに」

「ライヴはこれまでさんざん行ってるし。解散ライヴだからって何が違うわけでもないよ。でも、君を救えるのは今日だけだもん」

わたしはちょっとしか話していないのに、この鴻上那奈という女性をかなり好きになっていた。ロックのことはよくわからない。でも、彼女を見ていると、「ロックだな」という感想が浮かんできた。

「あ、そうだ。わたしこれから神楽坂に行くんだけど、いい？」

「どこでも構いません。わたし、もう帰るところもないですし」

「荷物とかどうしたの？」

「服なら数着、この鞄《かばん》の中に。化粧道具も。あと本が二冊」

「え、二冊？　なになに」

「『愚者《あほ》が出てくる、城寨《おしろ》が見える』と『悲しみよ　こんにちは』」

「だいぶペシミストなのね」

「ん、そうですかね。本の薄さがポイントです。持ち運びやすいですし」

そんな会話をしながら、わたしたちは中野駅から東西線に乗った。落合を通過するときがいちばんドキドキした。いつも自分が使っている駅だから。そして、もう二度とここに降り立つこともないんだろうな、と思うと妙な感慨に囚われた。

高田馬場、早稲田……高田馬場で急に学生たちがぞろぞろと乗ってきて、早稲田で降りていった。ああ、そういえば幹夫の大学のキャンパスもこの駅の近くだった。今の群れの中に、幹夫の知り合いもいたのかな。そんなことをぼんやりと考えた。もう何もかも、自分とはかけ離れた異国の世界のことのような感じがした。

そうか、もうわたしは幹夫に会うことがないのか。そうかそうか。

「神楽坂。神楽坂」

車掌の連呼する声で我に返った。

「降りますか？」

　でも那奈さんは首を横に振る。

「せっかくだし、今日はゆっくり神楽坂を楽しもう？　それにはね、その先の飯田橋《いいだばし》あたりから行くのがいいの」

　飯田橋から神楽坂を楽しむ？　わたしは彼女の真意を測りかねた。でも、しょうじきそのときは、どんな旅に付き合わされるのでもかまわないという気分だった。このままアフリカへ旅立とうと言われても、お供していたかもしれない。

　那奈さんがわたしの手を引いた。ライヴ会場でそうした時のように。彼女にとっては、わたしは迷子の幼子と変わらないのかもしれない。

　道順は那奈さん任せだった。彼女はこっちだったかな、いやあっちか、なんてスマホのアプリを見ながらひとりごとを言いつつずんずん進んでいく。

「いまの君にとって、神楽坂はうってつけだったかもね」

「どういうことですか？」

「この町は表通りから脇へ入った、いわゆる〈横丁〉がいっぱいあるの。人生って、寄り道が大切だよ。君はちょっと迷い道にハマりこんでいただけ。でもそれだって、きっと必要なことだったんだ」

「……そうかもしれません」

　長い長い横道に入り込んでいたのだろう。その間に、わたしは自分の人生の目的とは何なのかという、シンプルな答えさえ手放してしまっていたのだ。

「たとえば、ほら、ここは兵庫《ひょうご》横丁」

　濡れた石畳が月明りを映す細道に差し掛かったところで、彼女はそう言った。古《いにしえ》の香り漂う料亭や民家が立ち並び、雨にはらはらと舞い散る桜の花びらの効果も相まって一瞬ここがいつの時代なのかわからなくなりそうになる。

「この辺りは、戦国時代は武器商人が住んでいたそうよ。それで、兵器をしまっておく倉庫があったから兵庫、ですって」

「なるほど。てっきり兵庫県民が自分たちの領土にでもしたのかと」

　わたしの解釈に那奈さんはケタケタと笑った。その様子をみていて、わたしのほうが嬉しくなってしまった。女神を笑わせられた。誰かに笑われて嬉しいと感じること自体、久しぶりだった。

　今まで素通りしてきた街の、横道を知っていく。それだけで、少しずつ自分の生に血が通いだすような気がする。マッサージで、リンパがほぐれて、固くなった皮膚が柔らかくなるみたいに。

　わたしはいくつ景色をやり過ごしてきたのだろう？

　もしかしたら、もっともっと景色をやり過ごす可能性だって、あったのだ。

「そして、ここは芸者小路《こうじ》」

「芸者、小路……芸者さんが東京に？」

「いるよ、もちろん。ここ神楽坂には芸者さんが三味線を習う稽古《けいこ》場なんかもあるんだから」

「く、詳しいんですね……」

「東京で生まれたんだもの。詳しいのは当り前よ」

そうなのかな。わたしは自分の生まれた街のこと、何も知らない。匂《にお》いも空気も、何もかも嫌いだったし、深く知ろうともしなかった。それだけで、那奈さんのこれまでが自分とはちがって充足したものだったんだな、と察することができる。羨《うらや》ましくはない。

ただ——そう、それはこれまでのわたしの人生になかったもの。

「何か話しかけてよ。そのほうが道を間違えない気がする」

「あ、はい」言われてハッと思考の横丁から抜け出し、気になっていたことを尋ねた。

「あの、那奈さんはどうしてメンタルタール好きになったんですか？」

細い石段のつづく熱海湯《あたみゆ》階段を上ってゆく。春風まじりの雨でしっとりと潤《うるお》った花々の匂いが、どこからともなく届けられる。何だか、このままどこかユートピアに辿り着いてしまいそうだった。そうだったらいい。そのまま違う人生が始まるのなら、それでいい。

「メンタルタールが好きになった理由ねえ……大した理由じゃないよ」

「いいんです。このままだと、元カレの記憶と一緒に、メンタルタールごと嫌いになりそうなんです。上書きするデータが必要なんですよ」

「なるほどね。そういうことなら。でもホントにどうでもいい話よ？　わたしがメンタルタールを好きになったのはね……父親の影響だったの」

「へえ。お父さんの？」

　親からの影響で何かを好きになるというのは、わたしのような人間にはあまり想像ができない。親の好きなものは半ば反射的に嫌いながら生きてきたようなところがあるから。

　きっと、那奈さんは自分とちがって、親と良好な関係を築いているのだろう。

「ロック好きの父で、わたしが幼稚園に通っていた頃にはいつも部屋の中にはツェッペリンとかセックスピストルズなんかが流れていたの。ピンクフロイド、ビートルズ、ローリングストーンズ。でもそういう中でとくに幼いわたしが記憶してるのがヘビメタかな。たぶんヘビメタをかけている時の父がハイテンションで、すごく明るい人間になってたから、たのしい気持ちになったのね」

「ああ、なるほど」

「ディープパープルとかメタリカとか、キャッツとか。父はそういうのを聴きながら部屋の中を飛び跳ねたりするの。で、幼いわたしを抱っこしてぐるぐる回ったり。そうすると、本当にわけもなく嬉しい気分になったんだよね」

「おもしろいお父さんですね。お仕事は何をされてたんですか？　いつもご自宅に？」

「いま考えると、あの頃はちょうど会社を辞めた頃だったのかな。昔は、広告代理店でクリエイターをしてたらしくて、わたしが四歳までは深夜すぎても帰宅できない暮らしだったみたい。だから、土日にしか父はいなくて、わたしに〈おきゃくさま〉なんて言われて傷ついていたみたい。それで会社を辞めて、自宅でデザイナーを始めたの」

「ああ。じゃあ、きっとその解放感もあって音楽をいつも聴いてらしたんですね」

「いま思えば、そういうことなんだと思う。幼かったわたしにとっては急に暮らしがカラフルになった感じ。そういう中で、とくに虜《とりこ》になったのが、メンタルタール」

　メンタルタールは、洋楽ヘビメタ好きに好かれる邦楽ヘビメタというポジションにあった。

「とくに、メンタルタールの代表曲の一つ、『ノーイエスタデー』は最高に好きだったなぁ。〈昨日はノー／イエス以外ノー〉って、馬《ば》鹿《か》みたいな歌詞だけど、小さい子でもわかるくらい、世界観がすっと頭に入ってくるんだよね」

「ああ、わたしもその曲だけはなぜかサビのフレーズ覚えちゃってましたね」

〈昨日はノー〉。

　あの部屋にいたときには、その歌詞の意味を深くは考えなかった。ただのフレーズとして聞いていた。あの部屋は地獄だったから。でも抜け出してみた今は、歌詞に共感できる。昨日はノー。それでいい。

「それじゃあ、お父さんとライヴに行ったりもするんですか？」

「いや、それが……うん、父はね、もう今は音楽を聴かないんだよね」

「え？　そんなに好きだったのに？」

「うん。わたしが六歳を迎えて少し経った頃よ。その頃に、父は自宅を改装して、本格的に自宅にオフィスを構えたの。不退転の覚悟っていうのかな。それまでの一年は、むしろ会社を辞めて毎日家にはいるものの暗中模索で、放心状態に近かったんだけど、急にスイッチが入ったみたいになって、ステレオには指も触れなくなったんだ。音楽はそれっきり」

「つまり、仕事に集中するために音楽を切り捨てたってことなんですね？」

「たぶんね」

「それは、悲しい……」

「うん。わたしの暮らしからも、同時に、一時的にだけど音楽が消えた。中学生になって、父の部屋のステレオを留守中にいじってメンタルタールを聴くまで、そのバンドの曲だってことも忘れ去っていたくらいよ。暮らしも少しずつ裕福になってもう六歳の頃のカラフルな感じはなくなっていたんだけど、ステレオをもらい受けて部屋で爆音を鳴らしたら、一気にあの頃がよみがえってきたのよね」

「じゃあ、お父さんのロック魂を、那奈さんが受け継いだわけですね」

わたしは、親から何を受け継いだろうか。というか、何を受け継ぎたいと思っただろうか。何も。たぶん、何一つ。早く家から切り離されたかったし、向こうは監視すること以外に興味があったとも思えない。わたしと親の絆《きずな》なんてその程度。でも、すべての親子がそうではないのだ。

「うん。でも、それと引き換えに、父は永遠に音楽を失ったのかも。わたしがオーディオをもらい受けるとき、父はむしろ喜んでた。もうずっと使ってないから、おまえが使ってくれたらオーディオも喜ぶだろうって。でも、わたしが一人暮らしを始めてオーディオも持って家を出たことで、永遠に音楽を聴く機会を奪ってしまったんじゃないかなって」

「そうですかね。聴きたくなったら、きっとまたオーディオを買いますよ」

「大人には二種類いるのよ。過去の趣味をわざわざ買って取り戻す大人と、二度と振り返らない大人。父はたぶん後者なの」

「なるほど」

わたしはどういう大人になるんだろうか。二十代のうちは走れるだけ走って、お金と時間の余裕ができたら、今はまだ手に入らないあれこれを手に入れるぞ、なんて考えたりする。

でも、そのときに同じように思うかは、たしかにわからない。

那奈さんはそれから、不意に秘密話を打ち明けるような調子に変わった。

「じつはね、これから連れてくお店、父のためもあって行くんだ」

「お父様のため？　どういうことですか？」

「自宅改装が完成した晩のことよ。父はわたしを書斎に呼んで、『パパの晩酌に付き合ってくれ』って言ったの。『ばんしゃく』って言葉もよくわからなかったけど、とにかく父に誘われたのがうれしかった。父は珍しく台所で何やら料理をしていたわ。『パパだって料理ができるんだぞ？　驚いたか？』なんておどけたふうに言いながらね。そして完成した料理をもって書斎に行くと、それをわたし用の小さなお皿にも取り分けてくれた。パプリカにチーズを詰めたものだったわ」

パプリカやピーマンは中が空洞だから、そこに肉を詰めた料理があるのは知っていた。でもチーズを詰める料理もあるらしい。

「これから行くのは、じつを言うと、チーズ料理の専門店なの」

「え……そ、そうなんですか……」

脳内で危険信号が点滅する。

「そこに行けば、きっとそのチーズが何なのか突き止められると思うんだよね」

君子危うきに近寄らず。恩義との秤《はかり》にかけつつ、わたしはおずおずと切り出した。

「……ごめんなさい、わたし、じつはチーズ苦手なんですよ」

「あ、わたしも六歳までは同じ」

いや、そういうことじゃなくて。行き先を変えませんか、ねえさん、とわたしは内心で願っていた。が、その思いは那奈さんには届いていなかった。彼女は思い出に耽《ふけ》りながら、歌うように続けた。

「幼稚園のお弁当に入ってたりすると必ず残してたなぁ。だけど、そのときのチーズ詰めはね、べつだったんだ」

チーズ嫌いがチーズを食べられるようになったチーズ、ということのようだ。そんなことってあるのだろうか。わたしは嫌いなものはずっと嫌いなままだけれど。

「その晩、きれいな事務所になった旧書斎で、父は小さな円卓にわたしを招いて、一緒に食べようって。夕食の終わった後の、ちょっとした晩酌の相手ね。きっと父も一人で飲みたくない気分だったんでしょう。ふだんは料理を作らない父が、自信たっぷりにそれを出してきたの。パパが作ったんだぞって。初めてみる料理だし、わたしは最初美味しいのかなって、半信半疑で。だけど食べたらびっくり。濃厚なのに、爽《さわ》やかで優雅な味がしたの」

那奈さんはそう言いながら、その時の味を思い出そうとするみたいに遠い眼差《まなざ》しになった。人から聞く料理は美味しそうに感じるものだが、あいにく苦手なチーズにかぎってはそんなことはなかった。騙《だま》されない。騙されないぞ。

「そのときに、父が食べ終わってから言ったんだよね。『これで悔いなし』って」

「これで、悔いなし、ですか。夜食を食べた後に言う言葉としてはやや重たいですね。その料理、お父様にとって何かとくべつな思い入れが？」

「わからない。ただ、その後、いろいろチーズを食べてみたり、自分でもパプリカにチーズを入れて作ってみたりもしたけど、あの時の味にはなかなかならないんだよね」

「お父様の特製レシピがあるわけですね？」

「んん、どうかな。あまり料理しない人だし。でもとにかく、あの味には、今に至るまで巡り会っていないの。あのチーズと、父が音楽を聴かなくなったことに何か関係があるのか、ずっと気になってるんだよね。じつは最近父の元気がなくなってきたから、景気づけのヒントにならないかなって。さっきお店のホームページでメニュー見たらパプリカのチーズ詰めがあったんだ。パプリカ・ファルシっていうんだけど。だから、もしかしたら父の味を再現してくれるかもって思って」

　チーズが苦手なわたしにとってはあまりワクワクしない話ではあった。
けれど、わたしを救ってくれた女神が過去の記憶の味に出会えるのかどうかには興味があった。これも恩返しだ。

「楽しみですね」

そう、少なくとも、さっきまで自分のいた現実に比べたら、たとえチーズがらみであっても、じゅうぶん楽しみな世界だった。

早稲田通りをしばらく進む。ようやく本来降りる予定だった神楽坂駅の近くに来たことになる。すると、また彼女はそこで横道に入った。

「朧の坂っていう名前なの。名前の由来はよくわからないけどね。でもほら、暑い日だと、日中は遠くからみたら蜃気楼《しんきろう》でも見えそうじゃない？」

「なるほど」

その時、それまでしっとりと降り続けていた雨が、いよいよ季節を塗り替えようと本気を見せ始めた。

「ヤバッ……ちょっと寄り道が長かったかな……でもよかった、このすぐ先にあるらしいの。その例の店。何か、看板とかも表に出てなくてわかりづらいらしいんだけど……」

坂を下りながら、何匹かの草木に雨宿り中の猫と目が合った。

本当に、異世界に迷い込んでしまったような気分だった。こんなにも細道を歩き回ったのは、初めてじゃないだろうか。このまま東京の猫にでもなってしまいそうだった。

月さえも眠る夜、名もなき猫に——なれたら自由になるだろうか。

ぼつぼつぼつと激しく傘に落ちる雨粒が、少しずつわたしを無名の記号に変えていく。

「あった、きっとあれよ。あれが、〈マージュ〉ね」

彼女が指で示したのは、一見すると民家にしか見えない建物だった。

だが、木戸にＯＰＥＮの札だけ見える。

その札と、そこから漂う濃密なチーズの匂いが、その建物の正体を教えてくれる手がかりだった。

そうして、わたしたちはチーズ料理専門店〈マージュ〉を訪れることになった。

5

アメリカの古いアニメに出てくるネズミにでもなって、大きなチーズの中に迷い込んだような気分だった。「ああチーズの内部にいる！」の感ここに極まる内装。もう逃げられそうにない。もはやここまで、と思った。

オレンジ色の照明が優しく照らす浅黄色の内装のその奥に、眼鏡をかけた男性がいた。背はひょろりと高く、均整のとれた風貌《ふうぼう》は、いささか現実離れしていて、このチーズの王国のような異世界の住民としては、かえってふさわしくも見えた。

年齢は二十代後半か、三十代初め。でも眼鏡の奥にある目はいささか少年じみている。

柔らかそうな髪の盛大な寝癖からは、あまり朝の支度に時間をかけるタイプではないことが窺《うかが》える。

それにしても――やけにおどおどしている。夜八時五十五分という微妙な時間のせいか、客はわたしたちしかいなかったのに、その店主はわたしたちをろくに見ようとしない。むしろ、わたしたち以外なら、すべてを見ているかもしれないというくらいだった。

「あ、ええと……ご注文をどうぞ」

そう言ってメニューを差し出すときでさえ、視線はあらぬほうを向いていた。こんな明後日《あさって》を向いた接客があるものか。それまでの楽しい気分が半減してしまった。おかしいな。そんなに接客で不機嫌になるタイプじゃないのに。

だけど、この店主、いくら何でもおどおどしすぎではないだろうか。

挙句、那奈さんが問題のチーズについて話そうにも取りつく島がない。

「あの、こちらのお店のホームページのメニュー一覧に、チーズのパプリカ・ファルシがあるのを見まして……」

「おひとつでよろしいですか？」

「いえ、その前に確認させていただきたいことがいくつかあるんですが……」

「……あと五分でラストオーダーとなりますが、どうしましょうか」

時間が迫っていることはわかる。だが、こうしている間も、那奈さんと一度も目を合わせない。その態度が、不誠実に感じられた。

「じゃ……じゃあ、とりあえずお願いします」

「少々お待ちください」

店主は厨房《ちゅうぼう》へそそくさと引っ込んだ。おもしろくなかった。もう少し話を聞いてくれたって良さそうなものだ。あれでは取りつく島がない。しかも、パプリカ・ファルシ一皿って、客は二人いるんだからわたしにも何か尋ねるべきだろうに。まるで、一刻も早くここから逃げ出したかったみたいだ。

ほどなく、皿をもって店主は現れた。

あらかじめ冷蔵庫に完成品が用意されていたものらしい。

「チーズのパプリカ・ファルシになります」

それは輪切りにされたパプリカの真ん中の空洞いっぱいにチーズが詰められた料理だった。これはチーズぎらいのわたしにはかなりハードルが高い。

那奈さんはわたしにも皿を勧めつつ、まずひと切れ、それをフォークで刺して食べた。

わたしはその様子を見守った。

しばらくして、那奈さんの表情に明らかな落胆の色が浮かんだ。

「美味しい……でも、これじゃない……」

その会話を聞いていたらしい店主は、表情をとくに変えることなく言った。

「お口に合わないようでしたら残していただいても結構ですので。そのままにしておいてください」

　言葉遣いは丁寧だけれど、投げやりなようにも聞こえなくはない対応。

　那奈さんは慌《あわ》てて言った。

「いえ、そういうわけじゃないんです。じつはわたしが探しているチーズのパプリカ・ファルシにはとくべつな事情がありまして……」

「……何か追加のご注文はありますか？　ラストオーダーまであと一分少々ですが」

　こちらをまったく見ることなく、そう続ける店主の態度に、さすがにわたしは腹が立ってきた。慇懃《いんぎん》無礼にもほどがある。

「あのぉ！　ちょっと！　失礼なんじゃないでしょうか？」

　思わず、そう言ってしまった。すると、店主と初めて目が合った。どうやらわたしと目を合わせることはじつはさほど抵抗がないらしかった。

　となると、那奈さんを見ないように気を付けていたのか。なんで？

「さっきからおかしいですよ。人の話を聞く時は相手の目を見て、なんて小学校で習うことです！」

「……ごめんね、弟くん」

　弟くん……？　え、と思ったが、驚きすぎて声にならなかった。

「でもラストオーダーすぎて、ご注文ができなくなっちゃうとよくないでしょ」

　完全に子ども扱いだった。那奈さんとわたしを姉弟だと思っているのか。たしかにわたしはショートヘアだが、だからっていくら何でも弟くんって……。

「たしかにラストオーダーがきて注文できなければ怒るかもしれないけど、それとこっちと目を合わさないとか、話をろくに聞かないってのは違うと思いますよ？」

　抑えた調子ではあったが、わたしはかなり語気を強めて言った。

「もういいよ」と那奈さんがわたしの裾《すそ》を引っ張った。「やっぱりこんなの、わたしの独りよがりなんだよ。お店の人に迷惑かけるのはちがうって、いまわかったから」

「そんなことないです！　お父さんが初めて那奈さんに振る舞ってくれた料理の秘密を知ることは、絶対大事なことです。こんな客の目も見ないような人への迷惑なんて考えなくてもいいですよ！」

「言いすぎだよ……」

　那奈さんがあたふたと慌てていた。しまった、わたしの大事な女神を困らせている。でも、わたしはどうしても腹の虫がおさまらなかった。幹夫から離れられたことで、感情につけられていた鎖が解かれて暴走気味になっているのかもしれない。

　ところが、そこで思いがけずこの無礼きわまりない店主が口を開いた。

「いえ、こちらの弟くん……いとこ君かもしれませんが……の言うことももっともです。

僕は料理が専門で、じつは接客がすごく苦手なので、失礼があったかもしれません」

　まずはわたしを弟くんとかいとこ君とか呼ぶ失礼について考えるべきだったが、今はそれを指摘するときではなかった。彼は「ちょっと待ってくださいね」というと、お店のドアを開け、外側にかけられたＯＰＥＮの札をひっくり返し、ＣＬＯＳＥＤにしてから閉めた。

「いやぁ、本降りになっちゃいましたねぇ……これ続くのかなぁ……」

　誰に言うでもなくぼんやりとそんなことを呟《つぶや》きながら店主は戻ってきた。

「これでもう大丈夫です。ラストオーダーの時間はお気になさらずに。よろしければ、そのお話をお聞かせいただけますか？」

　那奈さんは躊躇《ちゅうちょ》しているようだった。今さら店主に迷惑をかけて自分の話をする気になれないのかもしれない。

　そこで、わたしは那奈さんに代わって、かいつまんで話すことにした。

　店主は意外にも真剣な表情で、ふむふむ、と相槌を打ちながら神妙な顔つきで話を聞いてくれた。さっきまでとは打って変わって、非常に紳士的な対応だった。わたしはこの男を誤解していたのかもしれない。

　話し終えたところで、店主は腕を組み、ポケットからスティック状の羊羹《ようかん》を取り出した。

「あ、とらやだ」

「弟くんも好き？」

「うん、まあまあ」

ここは弟くん呼びに乗っておくことにする。

「でも一つしかないんだ。ごめんね」

そう言いながら、袋を開けてかじり始めた。

「べつにいいよ、ほしいわけじゃないから」

弟くんと呼ばれているのだし、丁寧語にする必要もないか、とフランクに答えた。それになんだ今の会話は。接客としては0点どころかマイナスだ。この人、大人として大丈夫なのかいささか心配になってくる。まずもって羊羹を食べるなよ。あ、でもＣＬＯＳＥＤだから今は接客って意識がないのかな。そんなことをぼんやり考える。

すると、店主は視線をテーブルの辺りに彷徨《さまよ》わせたまま、おそらくは那奈さんに向けて、こう切り出した。

「味覚というのは主観にかぎりなく近い感性です。嗅覚《きゅうかく》と並んで、客観的な評価がもっとも難しい五感とも言われます。ですから、残念ですが、そのチーズのパプリカ・ファルシがどんな味だったかをいくら丁寧に説明されても、きっとそのチーズ自体に到達することはできません。しかし――幸い、いまのお話にあったお味なら、再現できると思います」

「え、できるの？」

思わず素《す》っ頓狂《とんきょう》な声を出してしまった。味を説明されても到達できないと言ったくせに、矛盾しているのでは？

「ただし——お父様が作られたのとほぼ同じものをご用意するには、小一時間こちらでお待ちいただく必要がございますが、よろしいでしょうか？」

「待っていたら作ってくれるの？　味を説明されても再現できないのに？」

するると、店主はかぶりを振り、わたしに諭すような上品な笑顔を向けた。

「弟くん、僕はこう言ったんだよ。味覚についていくら丁寧に説明されてもそのチーズには到達できない、と。でも、先ほど話してもらったエピソードを手掛かりにすれば、容易に答えに到達できる。そして、そのチーズはいますぐには用意できない。ちょっと待ってもらわないと」

そう言うと、彼はコック帽を脱ぎ、店から出て行ってしまった。

「ちょっと……」

カランカラン、とドアの上部に取り付けられた鈴がむなしくそれに応《こた》えた。ドアの向こうで、ワンタッチ式の傘がバッと音を立てて開いたのがわかった。

この雨の中、あの店主はどこへ向かう気だろうか？

わたしと那奈さんは、店主の消えた店内で顔を見合わせた。

那奈さんが首を傾《かし》げながら呟いた。

「ねえ、どういうことなの？　弟くん」

それからわたしたちは、いっせいに笑い転げた。

6

店主がもどってきたのは、その三十五分後のことだった。わたしと那奈さんが互いの恋愛事情をさんざん話してしまい、とにかく忘れよう、うん、忘れよう、乾杯なんて言いながらお水で乾杯をし、ついでに記念撮影なんかを始めていたタイミングで、店主は戻ってきた。

「お待たせしました。〈フォルマッジョ〉が夜十時まで営業してるのは救いですね」

彼はわずかに雨でぬれた体をタオルで拭《ふ》きながらカウンターの作業場に入り、コップ一杯の水をごくごくと勢いよく飲み干すと、気を取り直すようにしてコック帽を被《かぶ》った。

「それでは今から、お客様のお父様がお作りになられたであろうチーズのパプリカ・ファルシを作ります。せっかくですから、ご家庭でも作れるように、この場で作るところをお見せしましょう」

「そんなことしていいの？」

「構いません。これからお出しするのは、どうせふだん当店で出しているチーズのパプリカ・ファルシとは若干味が異なりますから」

　無表情にそう答えながら、店主は俎板《まないた》をカウンターにポンと上げた。

　いざ、ショータイムの開幕といったところだろうか。

　まず取り出したるは、五十年代のハリウッド女優が好みそうなリップよりも真っ赤なパプリカ。そのてっぺんを時計の針みたいに細いナイフでくるりと円形に切り取り、中の種をとる。赤い洞窟《どうくつ》ができあがる。

「さて、そこでさっそくチーズの出番ですが、まずこの買ってきたチーズをボウルに開けますね」

　店主は買ったばかりの大きなチーズの塊を子豚を転がすみたいにごろんとボウルに入れた。眠りの深い子豚は、そのまま眠り続けている。さて、その寝ている隙《すき》に店主は何やら調味料の小瓶を複数用意しはじめた。

「ここにパセリ、セイジ、ローズマリー、タイムを入れて混ぜていきます」

　四つのドライハーブの蓋《ふた》を開けると、華麗に注ぎ入れていく。一気に華やかな香りが店内に広がる。かなりの量を入れたようで、子豚はすっかりブチに変化し、ついにはすりこぎで完全に元の形態を留めなくなった。

すると、那奈さんの表情に変化がみえた。

「この匂い……覚えてる……そう、こんな匂いがした」

「チーズをパプリカに詰めて食べる時、どうしても空洞のぶんだけ、チーズを多量に食べることになります。そのため、口触りがだいぶねばっこくなる。それを防ぐために入れるのがハーブです。お父様は、かつて広告代理店にお勤めだったそうですね。であれば、海外への出張もあったはず。ヨーロッパなどでこうした料理に出会っているものと思われます」

「お察しのとおり、父は海外への出張が多い人でしたけど……」

那奈さんは匂いをもっとよく嗅《か》ぐように、目を閉じた。

「やっぱり、たしかにこの匂い。だけど、問題は味よ。わたしはけっこういろんなチーズで試してみたの。でもどのチーズでも、あの味は再現できなかった」

すると、店主は朗らかに微笑《ほほえ》んだ。

この人、こんな感じのいい笑い方ができたのか。

しかも、よく見るとそこらを歩いていたら死人が出るレベルの美男子ではないか。それなのにこうもわたしをドキドキさせないとは、ある意味かなり稀有《けう》なのではないか。

「お客様、味覚の記憶だけを手掛かりに目当てのチーズを探すのは、どこかの駅のホームで知り合いを探そうとするようなものです。チーズの種類は何百とあります。同じ味のものは一つとしてない。それを味覚を頼りに探そうとしても、そう簡単には辿《たど》り着けないでしょう。同じ種類のチーズなら同じ味とも限りません。産地、熟成条件なども絡《から》んできますからね」

「そういうもの？　でも、チェダーならチェダーっぽい味がするし、カマンベールはカマンベールでしょ？」

「大別すればそうですが、それでもやはりそうした大別では括《くく》り切れないほど、大きく味が異なる場合もあるのです」

「ちょっと待ってよ」とわたしは割って入った。「おかしくない？　それならなんであなたにはその不可能な味探しが実現できるってわけ？　言ってることが矛盾して……」

「矛盾はないよ、弟くん。そのことは、おいおい説明するからね」

店主はそう言いながら混ぜ終えたチーズをパプリカに詰めていった。これでもかというほどぎゅうぎゅうに詰め、さらにそれをスプーンで押し付けて凹《へこ》ませ、さらにまた入れる。

「日本ではファルシと言われますが、これはフランス語で〈詰める〉という意味のファルシールの過去分詞形です。ですから、本来ファルシを単独で使うというのはとてもおかしなことなんですが、和製フランス語として今では定着しているところがありますね」

「メニューにもありましたね。パプリカ・ファルシって」と那奈さん。

「あれは正しいフランス語ですよ。〈詰められたパプリカ〉という意味ですから。ウクライナ民話の『てぶくろ』みたいに、もうこれ以上入れたらパプリカが破れるんじゃないか、というぎりぎりまでチーズを詰めていきます。この詰まり具合が、味のよしあしを決めます」

　彼はスプーンで最後の一詰めに入った。最初は明らかにはみ出していて、入れ過ぎなのではと思ったが、店主がスプーンで均《なら》していくと、最後にはぴったりと平らに収まった。

「ええっと、これで完成です。料理というほどのものでもないですよね。本当に、チーズとパプリカの、素材だよりの一品です」

　小一時間待たされ、ここから料理にどれほど時間がかかるのかと思っていたので、いささか拍子抜けしてしまった。

　しかし、手際《てぎわ》よくパプリカを1センチ幅にスライスすると、何とも美しく、とてもたった数分で作られたものとは思えないほど小洒落《こじゃれ》ている。

　でもわたしはまだ警戒心を解いていない。なにしろ、ジブリ映画の主役になったら『チーズ嫌いの美藻』とタイトルをつけられる自信のある人間なのだ。

　どうぞ、と差し出されたそれの匂いを嗅ぐ。

チーズはまず匂いがダメなのだよなぁ、と思いながら。

ところが——。

「あれ？　何か……」

このチーズ、特有の臭みはあるのだけれど、ちょっとわたしの知っているチーズのそれとは違う。もっとこう、古紙と漉紙《こしがみ》くらい、似て非なるもの。

ナイフで切り分け、一口食べる。

さまざまな感覚が綯《な》い交《ま》ぜになる。

最初は、やっぱりチーズじゃないか、という感想。あのまったりねっとりの歯ざわりは相変わらず苦手なままだった。

けれど、ヘンな言い方だがこのチーズはチーズというよりチーズの仙人という感じだった。酸味よりも歳月が醸成する甘みが際立っているのだ。

「これよ！　これが父と食べた味だわ！」

那奈さんが興奮して叫んだ。

すでに彼女は二きれ三きれ目に着手していた。かく言うわたしも、おのずと手が二きれ目に伸びている。おかしいぞ。チーズぎらいはどうした。

那奈さんはうっとりとした表情になって、目を閉じその食感を堪能《たんのう》していた。

「この、何もかもすべて許してくれそうな味……どうしてこれが今日まで見つけられなかったんだろう……」

「これまでお客様が記憶の味そのものに辿り着けなかったのは当然です。お父様がお使いになられたチーズは、特別なチーズだったのですから」

「とくべつな……チーズ？」

「そうです」

たしかにそれは特別なチーズには違いなかった。何しろ、チーズが苦手なわたしですら舌鼓《したつづみ》をうっているのだから。べつに、くせのない味ではない。いやむしろ妙に、くせがある。かと言って、それが嫌なわけでもない。

「〈ヴァランセ〉というチーズを使ったんです。ナポレオン時代の外務大臣タレーランが所有していたヴァランセ城に由来するチーズ」

そう言って彼はもう一塊、チーズを取り出した。

一見すると雪山のミニチュアのように見えなくもない、灰色の台形型の物体。

「これが〈ヴァランセ〉。いわゆるシェーブルタイプのチーズですね」

「シェーブル……？」

「雌山羊《やぎ》の乳から作られたチーズです。シェーブルは通常、爽やかな酸味が特徴なんですが、この〈ヴァランセ〉はそういった酸味がだいぶ和らいでいるのが特徴です」

「表面の白いのは……？」

「木炭粉と自然の黴《かび》です」

「うっ……黴……」

思わず口を手で押さえてしまった。

「ふふ。弟くん、黴と言っても、食べられる黴だよ」

「食べられる黴……嘘《うそ》だ、そんなのない」

店主よ、いつまでも弟くん呼びはやめてくれ。そろそろ正体を白状する頃か、と思うがもういささか遅すぎる。店主は「いや、いくらでもあるよ」とひとしきり笑ってから、ふたたび那奈さんに説明を始める。

「もとはピラミッドに似た形状でしたが、ナポレオンが外務大臣のタレーランが所有していたヴァランセ城でこのチーズを食べたときに、結果的に失敗に終わったエジプト遠征で見たピラミッドを思い出すから、と腹を立てて上の部分を切り取らせたという逸話があるんです」

　皇帝のくせにチーズひとつの形状にむきになりすぎではなかろうか。皇帝経験のないわたしに言われてもナポレオンも困るだろうが。

「ナポレオン、短気」

「飽くまで、逸話だけどね。たぶん、那奈さんのお父さんは、その逸話を知っていて自分の夢を封印する日に食べるのにふさわしいチーズだと思ったんじゃないでしょうか」

「夢…？」

「封印したのは音楽を〈聴く〉ことだけですか？　演奏も、では？」

「演奏……」

那奈さんの目が空を彷徨う。思い当たる節が、あるのかも知れない。

「さきほど、メンタルタールというバンドのお話をお二人されてましたよね。あのバンド、現在は3ピースバンドですが、プロデビューの年にはもう一人ギタリストがいたそうです」

「うそ……え……それってもしかして……」

わたしは今日のライヴ冒頭のトークを思い出していた。幹夫から逃げようとするさなか、バックミュージックのようにして聞いていた会話だ。

――でも俺たちがんばったほうだよ。デビュー前までうちでギター弾いてた奴《やつ》なんて契約決まってたのに『こんなの続けられっこない』って見切りつけてやめちゃったし、周りの同世代のバンドマンだってもうみんな今じゃスーツ着て働いてる。

あの〈デビュー前までうちでギター弾いてた奴〉が、那奈さんの父親のことだったのではないか。

那奈さんの顔を見やる。彼女もすべてを理解したようだった。

「思い出しました。六歳まで、父の書斎にはエレキ・ギターがあったんです。でも自宅改装の前後で姿を見なくなりました」

「失礼ですが、那奈さんはいまおいくつですか？」

「二十六です」

「ということは、今から二十年前。ちょうど、メンタルタールのデビュー時期と重なりますね」

「それじゃあもしかして、父が会社を辞めたのって……」

「当初はバンドメンバーに合流するつもりだったのかも知れません。プロデビューが決まったから。会社を辞めたのはプロになるためだったはずです。でも、家庭のこととかいろいろなことを考えて、バンドに合流するのを断念した。そうして、クリエイター時代の経験を活《い》かして自宅でデザイナー業を始めたのではないでしょうか」

「つまり……音楽家の夢を捨てた父は、〈エジプト遠征〉の〈夢〉を見たくなかったナポレオンと自分を重ね、〈ヴァランセ〉のチーズを使った料理を娘のわたしに食べさせたってことですか……」

「おそらく。少なくとも、いまこのチーズを食べて、那奈さんがあの時の味だとお感じになられたのであれば、それが正解ではないかと思います」

　味が証明する真実。こんなことも世の中にはあるのか、と何だかキツネにつままれたような気分だった。そして、同時に少しばかり気持ちが軽くなっている自分がいた。

自分の悩みが解決したわけじゃないのに、何だかすっきりしている。

ようやく暖かい場所を手にいれたような、妙な気分だった。

何だろう、この店主の醸《かも》す空気感だろうか。これが、やけに居心地がいいのだ。

「わたしたち家族を食べさせていくために、夢を諦《あきら》めたんですね、父は」

那奈さんは思いつめるような目をしていた。自責の念に駆られているのだろう。

すぐさま、店主はそれを否定した。

「お父様のお言葉をそのまま受け取ってみてはいかがでしょうか。パプリカに〈ヴァランセ〉を詰めた料理を娘さんと一緒に食べた時、お父様は同時に〈夢〉を食べて自分の血や肉に変えたのです。そして、堂々とこう仰《おっしゃ》った。『これで悔いなし』と。その言葉には嘘がない気がします」

那奈さんはその言葉に涙ぐみつつも、「そうですね」と声を絞り出して店主に笑いかけた。

わたしがこれまで見てきたなかで、もっとも美しい泣き顔だった。

「つぎの父の誕生日にギターを贈ってみます。私も働いてるし、もうそろそろ、父も昔の夢を解凍していいはずです」

バンドメンバーも、それぞれのスタイルでのソロ活動を模索しはじめた。旧メンバーである那奈さんのお父さんも、彼なりの形で楽器とふたたび向き合ってみてもいいはずだ。これまでの人生に後悔がないのも本当だろう。でも、だからって楽器と永遠に訣別《けつべつ》しなくたっていい。遅すぎるなんてことは、何事もないはずだ。わたしが自分の人生を、ようやく歩き始めたように。

7

店の外で、雨の弱まる気配がした。桜の花を食べつくして満足したように、雨は穏やかにしゃなしゃなしゃなしゃなと降りそそいでいた。

那奈さんがそろそろ、と立ち上がったので、わたしも席を立ちかけた。でも、那奈さんがわたしの肩をもち、「まあまあ」と言いながら座らせた。

「そうだ、さっきホームページで求人情報見たんですけど、あれってまだ募集してますか？」

求人情報？　那奈さん、あなた何の話を……。

「まだしてますよ」と店主は言った。

「じゃあ、この子雇ってあげてくださいよ」

「え、ちょっと……あの……」

「いいですよ。応募が女性ばかりで困ってたんだ。働いてみる？」

いや、わたしも女なんだ、と言いかけて、今は「弟くん」なのだと思い出した。

「……え？　あの、い、いいの？」

「そうだな、君さえよければ。君は身のこなしも軽そうだし。メニューをとる、料理を運ぶ、お会計をする、お皿を洗う、買い出しに行く、この五つをこなしてくれればいい」

「じゃあ、ええと、やる」

「あ、ちょっとその前に念のため確認させてください」と那奈さんが割って入った。

「労働基準法には反してないですよね？　ちなみに時給はいくらでしょうか？」

「大丈夫ですよ、労基には抵触してないです。時給は千二百円からスタート。あとは様子次第って感じですけど」

「わりと高めですね。昨今騒がれるパワハラ問題はどうでしょう？」

那奈さん、ぐいぐいと聞く。さっきの謎《なぞ》解きの御礼を忘れたように事務的にずばずば切り込む。

「僕、フィジカルでも言葉でも暴力は……自分がされるのが嫌なことや、相手がされるのが嫌なことは、しませんよ」

「よかった……最後に一つ。ショタではないんですね？」

「え……？　しょ、しょ……え？」

「あ、いや、なんでもない。聞かなかったことに」

那奈さんはそれからわたしのほうに「特異な趣味もなさそうだし、就職内定ね。でも何かあったらすぐに連絡して」と耳元でささやくと、「それじゃ、弟をよろしくお願いします」と店主に言い残して出て行ってしまった。

働くのか、ここで。マジか。まだ実感がまるでわかない。

そんなことより、珈琲《コーヒー》が美味《おい》しい。

「これ、インスタントにしてはおいしいね」

「インスタントじゃないから。サイフォン式だから！」

店主はややムッとした様子でそう返してきた。

「あ、そうなの。でも、珈琲代はもってないよ」

「大丈夫だよ、さっき那奈さんが支払ってくれた分で」

「ごちです」

「うい」

「いまのフランス語？」

「のん」

フランス語でないのなら、うめき声か。妙な合いの手があったものだ。「うい」だなんて。

珈琲を飲みながら、わたしは店主に尋ねた。

「あれ、もうあんまり挙動不審じゃないね。さっきまではすっごく信用できない感じだったのに」

「え、そう……。弟くんにはそう見えたのかな。なら、そうかも知れないね」

また弟くん、か。

「じつは、女性が苦手なんだ。どうしてもうまく目を合わせて話すことができなくてね」

「女性恐怖症？」

「そんなようなもんかな」

「ふうん」

わたしは何だか笑い出したい気持ちを堪《こら》えながら珈琲を飲んだ。珈琲の深みのある味は、絶妙に過去の記憶を溶かしていく。もうあの家に帰らなくていいのだ。ここから行く当てはないけれど、戻らなければ、とにかく前に進めるはず。

問題は、どこへ進んでいくか、だけど――。

と、そこへ店主が皿を差し出した。そこにはハートの形をした真っ白なチーズが載っていた。

「ん、なにこれ？」

わたしはその形状を見ながら、ハートに矢の刺さった〈メンタルタール〉のシンボルを思い出していた。そういえば、一生聴きたくないと思っていたあの音楽さえ、今は楽しめそうな心地になっている。

「これはね、クール・デュ・ベリー・アフィネといってロワール地方で作られているシェーヴルなんだ。今日ついでに仕入れた新しいチーズ。よかったら食べてみて」

「……じつはチーズ嫌いなの。さっきのはまあ風変りだったからアレだけど本来は……」

「気づいてたよ。でもチーズ嫌いの人にこそ、お勧めしたいチーズなんだ。さっきのよりクセがなくて、やさしい酸味がある。そうだ、もしよければフルーツソースをかけようか。すごく合うんだ。その名前のとおり、ベリー系ソースとの相性がとくに抜群」

「ベリー系ね……いいかも」

これまでの人生、ベリー系ソースなんてどちらかといえば忌避して生きてきたほうだった。スイーツ好きの女子っぽくて嫌だったのだ。でも、そんな「いかにも」でさえ楽しんでみようかという気になっている。

「よし」と言って店主はベリーソースの瓶からスプーン一杯分掬《すく》いとってハートの上に注ぎかけた。真っ白なうえに深い紫色の液体が流れる。ちょっとだけ〈メンタルタール〉のボーカルのヒロの頭を思い出した。

ナイフで切り分けて、口に入れた。説明のとおりのやさしい酸味が、甘酸っぱいソースとのコントラストでいっそう引き立っていた。

「珈琲との相性もすごくいいよ」

でしょうともでしょうとも。すぐに珈琲を口にする。さっきよりも珈琲の本当の旨味《うまみ》をより深く感じられる気がする。

「ふうん……ま、まあまあだね」

そんなわたしの態度に、店主は微笑した。美味しいって言ったわけじゃないからね、と思いながら、わたしは彼を睨《にら》みつけた。

「いや、でも助かったよ。女性客の相手が苦手でね。これからは弟くんに任せる」

店主はカウンターに頬杖《ほおづえ》をつき、一仕事終えたといったふうに息をついた。

「本当に苦手なんだね。いま超のびのびしてるもん」

「そりゃあね。あ、そういえば、帰る家、ないんじゃない？　その鞄《かばん》はちょっと外出するにはやや大きすぎる。君のお姉さんも行くところはあるのか、と心配してた。お姉さんのところでは暮らせない事情があるんだね？」

「大きなお世話」

お姉さんじゃないからだよ、と今さら切り出すのも面倒だ。

「世話好きなんだ。よかったら、ここで暮らす？」

「は、はい？」

　一瞬、頭が真っ白になった。ついさっきDV彼氏から逃れたと思ったら、べつの男からここで暮らさないかと言われたのだ。蜘蛛《くも》の巣から抜け出してまたべつの蜘蛛の巣に引っかかるほどわたしは間抜けではない。

「あ、いや、僕の家はべつにあるから、ここに寝泊りするのは君だけだよ、もちろん」

「ああ、ええ……」

　いやいや、そういう問題ではない。どういうつもりで言ったのだろう？　いくら自分の家がべつの場所にあるにしても、仮にも異性にお店で暮らしたら、なんて下心なしで言うだろうか？

　と、そこまで考えてから、ハッとする。そうだ、この人はわたしを「弟くん」と呼んでいるわけで、いまも男だと思っているからそう言っているのか。

「え、なんでそんな悩んでるの？　家、困ってるんじゃないの？」

「そう……だけど……」

　でもなぁ……男だと思っているにしたって、今日会ったばかりの相手に店で暮らしていいなんて言うだろうか？　もしかして、同性が好み？　さっき〈ショタ〉という単語は知らないみたいだったけれど……。

「まあゆっくり考えて構わないよ。急がないから。その気になったらいつでもそうしたらいいよ。ここは民家をリノベーションして造った店だから、風呂《ふろ》も洗面所もあるしね。あ、厨房に案内するよ。ちょうどいいソファベッドがあるんだ。広げるとけっこう大きくて立派なんだよ」

リノベーション、風呂、洗面所、立派なソファベッド……ダメだ、わたしはこれ以上物理的な誘惑に勝てそうになかった。それにこの男、どう考えても下心があって言っているようには見えない。

いいの？　信じてしまって。

あなたは恋人選びに失敗したばかりじゃないの？

最後の一切れのチーズを食べた。そして、気が付くと、頷《うなず》いていた。

「ふむ……じゃあここで暮らす」

この店主がどういう人かはまだわからない。でも、この味には嘘がない。結局のところ、それが決め手だったような気がする。

でも、その前に大切なことを伝えておかなければ。

「あ、それと、一応言っておくと、わたし女だから」

「……え？」

8

「なに、なんでいま笑ったの？」

真沙流がわたしの顔を覗《のぞ》き込んで問いかけてきた。

「いやべつに。何でもない」

「嘘だ、何か思い出したって顔だった」

「なんでもないってば」

わたしは真沙流から顔をそらした。

あの時の啞然《あぜん》とした真沙流の顔を思い出すと、いまでも思わず吹き出してしまう。

でも、真沙流の女性の認識について、同時にもう一つ最近のことも思い出された。

あれは一昨夜のことだった。

店を閉めて、真沙流が帰ったから着替えを始めていたら、途中で真沙流が店に戻ってきたのだ。こっちは真沙流だからあんまり気にせずに「あ、忘れ物？」なんて言ったんだけど、真沙流のほうは顔を赤らめて大慌てで「ごめんなさい！」って言いながら出ていった。

あの時は、まあそういうもんかな、なんて思っていたんだけど、いま考えると何か違和感がある。それはつまり――。そう、真沙流は女性嫌いのはずでは？　ということだ。

女性嫌いの人間は、着替え途中の女性に遭遇したときに顔を赤らめるものだろうか？

たぶん、単なる女性嫌いじゃないよね。

げんに、女性とわかっていても、もうわたしとは目を合わせて話せるし。

過去に何があったのかな？

少しずつ、真沙流の過去に引き寄せられている自分がいる。

まだ外では雨音がする。

しゃなしゃなしゃなしゃな。

あの日と、おんなじ雨の音。これもやっぱり福音なのかな。

脳内では、おつかれさまおつかれさまって言ってくれているようにも変換できる。わたしは前向きだ。何だって都合よく忘れて、好きなもので満たすことができる。

それもこれも、この場所に出会えたからかもしれない。

目を瞑《つぶ》り、わたしはありがとう、と唱えた。あの春の夜の雨と、受け入れてくれた真沙流と、それから、そもそものきっかけをくれた赤い巻き毛の女神に。

第3話

空《うつ》蝉《せみ》に捧《ささ》げる
リゾット

1

「ぐはっ……やられた……」

八月最後の土曜日の夜、わたしは通算何十回目かの死を、真沙流に与えた。

もちろん、サバゲー上の話。

懲《こ》りもせずに勝負を挑んできた真沙流だったけれど、怠け者ＳＥのごとくまったくスキルの向上がなく、相変わらず武器を拾うより前にわたしに瞬殺されてしまったのだった。

「まず武器を探すってことをしないと」

「探してるよ。武器が逃げるんだよ」

そんなわけない。

「ああつまんないの。弱すぎるんだよね、真沙流」

わたしは自分のスマホを指でいじっていた。何か面白いアプリでも入ってないかな。

指でページをめくって探し始めて、すぐに手が止まってしまった。

「ん……？　なにこれ……」

見覚えのない位置情報共有アプリがそこにあった。こんなの入れた覚えがない。いつから？　ふだんは見もしないアプリ一覧の最終ページにそのアイコンを見つけた。トップ画面にアイコンが表示されないから気づかなかったのだ。もしかすると、四カ月以上前から入れられていた可能性もある。

だとしたら——入れたのは幹夫？

そうなると、幹夫はすでにこの位置を知っていることになる。

「ま……まさかね……」

「ん？　どうしたの？」

「……なーんでもない」

勘違いだ。きっと、勘違い。何かソシャゲをダウンロードするときに、ついでに広告のボタンでも押してしまったのだ。そうに違いない。

わたしはすぐにアプリを削除すると、スマホをソファベッドにぽいっと投げた。朝から苛立《いらだ》っているのは自分でも気づいていた。べつに月のものが始まったわけでもない。こんなことはここ最近では珍しかった。何かここにいること自体を誰となく責められているような、そんな感覚が付きまとっている。理由はわかっている。今朝見た夢のせいだ。

久しぶりに母の夢をみた。もう一年近く連絡をとっていなくて日頃は存在すら忘れていても、脳のどこかにはしっかりデータが保存されているらしく、目覚めてもなお顔が引きつるぐらい、リアリティのある夢だった。

　夢の中の母はわざと大きな音を立てて料理の支度をしていた。スタイリッシュな生き方をしたいという願望だけは人一倍つよい母は、昔から料理嫌いなくせに見栄《みば》えのよくなる料理を作りたがる。そのため、いつも食卓にはインターネットで調べた珍妙な彩《いろどり》の皿が並んでいた。味はたいていひどく、たまにどうにか顔をしかめずに食べられるものがある程度。おそらく、ネットにあるレシピの材料のところだけ見て、あとは手順どおりにはせずに完成だけ似ればいいというスタンスでやっていたのだろう。

　そんな母の信条は夢の中でも健在だった。よりによって、彼女が出してきたのはわたしが彼女の料理のなかでも最も苦手とする自家製チーズだった。しかも、きまって和食の献立の一品に加えられているから余計に違和感がすごい。しかも、それを自分は食べない。そもそも乳製品が好きではないのだ。

——残さず食べなさいね。栄養になるから。

　栄養になる、ときまって母は言った。だが、それは観念的な発言でしかない。母は食にあまり興味がないのだ。

——残す気なの？　後片付けをするのは誰だと思ってるの？

母が詰め寄ってきてわたしの真横に立ち、皿を持ち上げてさあ食べなさい、と口元に近づけてきた瞬間に目が覚めた。脂汗《あぶらあせ》をぎっしりかいていた。さんざん食べさせられてきたあの濡《ぬ》れた靴下を履かされたような味が、口の中いっぱいに広がっている気がして、目覚めてすぐに炭酸水を飲んだ。

「なんだか今日はイライラしてるね。鼻先に納豆でも押し付けられてるみたいな顔して」

「納豆はべつに嫌いじゃないよ」

そんなやり取りをしていたら、カランカランと鈴の音がした。土曜日は、休日の会社が多く、客入りは少ないので油断していた。慌《あわ》ててエプロンをつけてカウンターに向かった。

「いらっしゃいませ……あ、沼田さん」

入ってきたのは、沼田義男さん。この店のすぐ裏にある豪邸に暮らしている老紳士。数年前までは俳優業をやっていたけれど、現在は引退しているのだとか。家の前で打ち水をしているところに真沙流が通りかかって会話をかわすうち、わが店の常連となった。

わたし自身は沼田さんをテレビの中で観《み》たことはなかったけれど、わたしたちの親世代くらいになると結構名前を知っている人が多いらしい。二時間サスペンスドラマで渋い刑事役を何度か好演していたこともあって、一部〈枯れ専〉と言われる人たちからは熱烈な支持を受けていたというネットの情報を目にして以来、ちょっと見る目が変わってしまった。

毎朝六時には起きて自分一人のために豆から珈琲をひいて飲んで、スーツにアイロンでもかけていそうなナイスシニア。髭《ひげ》はきれいに剃《そ》られているし、見事に白く染まった頭髪は雪山を見るように清い気持ちにもなる。芸能界に未練はなく、もう充分稼いだから、と朗らかに笑う姿には、老成した者だけが漂わせる色香がある。

沼田さんは、最近では夜八時を常時予約にしている。来店すると、一人静かにカウンターの隅で、コース料理は頼まず少しのチーズを肴《さかな》にワインを楽しんで帰るのが定番だった。

ただし——今夜は一人ではなかった。

「ちょっと連れがいるんだけどいいかな」

「もちろん、どうぞどうぞ」

彼は頷《うなず》いて、ドアの外に手招きをした。それに応じて、若い女性が入ってきた。フローラル系の甘やかな香水の匂《にお》いとともに現れたのは、きりりとした眉《まゆ》が印象的な古風な顔立ちの美人。いかにも年上に好かれそうなタイプで、本人もそれを自覚しているような艶《つや》のある笑顔で沼田さんに視線を送っている。タイトなワンピースも、ある意味では煽情《せんじょう》的ともいえた。もちろん、どんな服装だって本人の着たいものを着る権利があるけれど。

「こういうとこ……初めてで」

恥じらうふうに言って、髪をかき上げる。それを、今にもとろけそうな笑顔で沼田さんは見守りながら奥の席へとエスコートし、椅子《いす》を引いて座らせた。

「今日は僕の奢《おご》りだから気にしないで」

「え、いいんですか？　わあ……！　ありがとうございます！」

彼女ははにかむような笑みを浮かべ、沼田さんもそれに応じるように微笑《ほほえ》んだ。

この二人、どういう関係なのだろうか？

2

メニューをとって厨房《ちゅうぼう》に引き上げると、すぐ真沙流に尋ねた。

「これはどう考えたらいいのかしらね？」

「何が？　僕のサバゲーの弱さについて？」

調理の準備に取り掛かりながら真沙流が聞き返す。冗談なのか天然なのか。

「いや、あのお二人」

「知り合いなんじゃない？」

「そりゃ見知らぬ人は連れてこないでしょうけどさ」

「よけいな詮索《せんさく》はしない」

「気になるでしょ。いつも孤独を愛してそうなナイスシニアが、今日は若くて美しい同伴者と現れた。しかも沼田さんの頬はすっかり緩んでいる……」

「ほんとに君って、あきれるほど下世話なところあるよね」

「まあ、庶民派で売っておりますもので。でもさ、実際驚きじゃない？　二重の驚きっていうか。わたしは沼田さんのことイケオジだと思ってるけどさ、でもまだ枯れてなかったんだっていうのもびっくりじゃない？」

　完全に私見と偏見だが、沼田さんはいつも恋愛をする暇があれば辞書でも読むみたいな顔をしているのだ。

「たとえ恋愛関係でもべつに問題ないんじゃないのかな。何歳だろうと恋愛はするよ」

「そういうもの？」

　わたしの価値観にはそこは念頭になかった。まさか沼田さんほどの、ちょっと人生の哀愁と虚無感の両翼をもったタイプが恋愛に桃色吐息を吐くだなんて、想像だにしなかったのだ。

「老人ホームでだって恋愛は起こる。人間ってそんなに簡単には変わらないもんだよ」

　真理をついている発言なのかもしれないが、考えてみると、そう言う真沙流の恋愛事情というものをまったく聞いたことがない。薫さんが甲斐甲斐《かいがい》しく世話を焼く様子を勝手にBL風味に受け取ってはいるが、薫さんはどう考えてもよそに異性の恋人がいそうだし、真沙流もあまり薫さんに性的な興味はなさそうだ。

真沙流、あなたは恋とかするわけ？　想像できない。想像力が乏しいだけ？

考えながら、そういう自分はどうなんだ、と突っ込む。ここで暮らすようになってから、いわゆる恋愛脳が完全に留守になっている。こうして恋愛から遠く隔たって暮らしてみると、いったい恋愛がなんぼのもんなんや、という気がしてくる。毎日を丁寧に暮らすのに恋愛はべつに必要ないわけで、考えてみるとサバゲーに勤《いそ》しむ時間とか至上のカヌレを探す時間とか、ゆったり珈琲《コーヒー》を飲む時間とか、いくらでもこの世に大切なものはあるし、人間関係でいえば真沙流も薫さんもすごくわたしを大事にしてくれている。

　そもそもなんで恋愛というやつはある日突然のこのこと現れて日常より偉いような顔をして君臨するのだろう。それ自体がまったく気に入らないような気さえしてくる。気さえしてくるくせに、真沙流は恋をしないのかと訝《いぶか》るのは、これ矛盾だな、なんて考える。

「ふうん。ていうか、沼田さんって結婚とかしてないのかな」

「十年以上前に奥様を亡《な》くされて以来してないよ。ほら、有名な満永《みつなが》えり」

「あ！　その人知ってる！」

満永えりはよく映画でも主演を務めていた女優で、急病で亡くなる前年まで映画も公開されていた。十歳の頃はまだ街中で彼女のポスターに出会うこともあったのでよく覚えている。

「二人の間には娘さんもいらしたんだけど、奥さんが亡くなる前年に交通事故で亡くなられていて、えりさんが亡くなる時は娘さんの後を追うようだなんて報道もあったね」

「そうだったんだ……そう聞くと、恋を応援したくなる」

「まあ何にせよ、それは他人の事情さ。はやくお水を出しておいで」

「ちぇっ、つまんないなぁ」

そうは言いつつも、目の前に些《さ》細《さい》でも興味のわく出来事が降ってきたのは、わたしにとって幸いだった。そうでもなければ、あんな夢を見た日は一日気がふさいでしまったのに違いないから。

3

二人が料理の到着を待つあいだ、わたしはグラスや食器を拭《ふ》いてしまったりしながら、ひそかに沼田さんと若い女性の会話に耳を澄ませた。

「でもまだ夢の中にいるみたいです。前回のお食事もそうですけど、憧《あこが》れていた俳優さんの隣にこうして座っているなんて、考えただけで心臓がドキドキしてきます」

「ハルミさんは大げさだなぁ、ははは。ただのご隠居だよ、僕は」

「そんな、ご隠居だなんて。私はまだまだ沼田さんの演技が観たいって、本気で思ってるんですから」

ハルミさんと呼ばれた女性は、目を輝かせて訴える。なるほど、この女性は熱烈なファンなようだ。それが何かのご縁で親しくなり、食事をするまでの間柄になった、と。なかなか興味深い。私は二人の会話にさらに注目した。

「うれしいけどね……先日食事をした時にも話したけど、僕は芸能界に戻る気はないんだよ。こうしてのんびり、美味《おい》しいお酒を飲んだりして過ごしているだけでじゅうぶん」

「もう映画やドラマには出たくないということですか？」

「ううむ、難しい問いかけだな。ハルミさんは僕を困らせるのがうまい」

沼田さんは目じりを下げて笑った。ハルミさんのほうは、少し頬を赤らめつつ自分の発言に手ごたえを感じているように見えた。

「演技にはしょうじき未練はある。でも、あの業界の軋轢《あつれき》に疲れてしまったんだ。事務所とも喧嘩《けんか》別れしちゃったしね」

「それはわかります。でも、ファンの皆さんはもう一度沼田さんの演技を観たいと思います。ていうか、少なくとも、私が観たいんです」

ハルミさんの手が、沼田さんの手を握る。テクニシャン現る。わたしはサスペンス映画を観ている時のようにハラハラしながら、ことの次第を引き続き見守ることにした。

沼田さんは顔を真っ赤にして照れながら、「まいっちゃったなぁ」と頭を掻《か》いた。

「たとえばですけど、まず、個人事務所のホームページを立ち上げる、とかはどうでしょう？」

「ホームページ？　ああ、そういうのはちょっと苦手なんだよねぇ」

「私、ウェブ関係の仕事をしているので作れますから！　ホームページは個人事務所の窓口になります。プロダクションなら様々な人間関係がついて回りますが、個人なら沼田さんの演技の力を貸してほしい人がダイレクトに連絡をとってくるだけですから」

「ふむ……そんなうまくいくかなぁ。それに、もう僕は引退宣言をしちゃったしな」

沼田さんがうまく体勢を持ち直すと、ハルミさんのほうに焦《あせ》りの色が浮かぶ。

「そ……それに、ファンの皆さんはその後の沼田さんを知りたいと思うんです。元気で過ごされているのかどうか。だって、あの『峠を見よ』の名優、沼田義男ですよ？」

うまい立ち回り方だった。一気に形勢が変わる。ネット調べによれば『峠を見よ』は沼田さんの代表作らしく、有名な賞ももらったとあった。

沼田さんは、うれしそうに照れ笑いを浮かべた。

「いやあ、はっはっはっは、まいったね。誰も私のことなんか気に留めちゃいないさ」

言葉とは裏腹に、すっかり断る気配が後退している。

「そんなことないですよ！」ここぞとばかりに、ハルミさんは今度は沼田さんの膝《ひざ》に手を置いた。「みんなファンは沼田さんの元気な姿を知りたいに決まっています。ホームページ、作りましょう？　ね？」

沼田さんは困惑した様子で天井を見上げ、額に浮いた汗をハンカチで拭《ぬぐ》った。

「……まあ、簡単なものなら、あってもいいかもしれないな」

折れた。ついに、陥落か。色気戦術、恐るべし。しかし一方でわたしはべつの邪推もしていた。もしやハルミさんはファンと見せかけてホームページの営業で近づいている？

いや、まさかね……わたしの性格が歪《ゆが》んでいるんだ、きっと。そう自分に言い聞かせることにした。ところが、ホームページ話はまだまだ終わらなかった。

「私、沼田さんがどうやったら復帰できるか最近ずっと考えてたんです。ホームページ立ち上げに必要な経費とかも。よかったら、見てもらえますか？」

彼女は何やら紙を見せていた。見積書というやつだろう。あくまで熱心なファンだから考えた、というスタンスではあるが、シミュレーションまで用意するものだろうか？

「うーむ、少し高いが、まあいいんじゃないかな。ハルミさんにここまで言われちゃあね。こんなに僕の演技に期待してくれる人がいるなら、任せちゃおうかな」

「わぁ、うれしい！　沼田さん大好き！」

抱きついて喜ぶハルミさんに、沼田さんは照れながらどうにか「まあまあ」と体を引き離した。ハルミさんも自分が喜びすぎたことにようやく恥じ入るように赤くなった。

「ご、ごめんなさい……うれしくってつい……だって憧れの俳優さんの復活プランを私が任されたってことですから」

沼田さんは「いやいやそんな大それたことじゃないよ」とかぶりを振りつつ、財布からお札の束を取り出して数えた。

「ひとまず三十万ある。残りは後日振込でいいかな？」

これはまずいのでは？　脳内で危険信号が点滅しているが、しかし相手はただの客。ここでわたしがちょっと待ってください、なんて割って入るわけにもいかない。

「もちろんです！　ありがとうございます！」

ハルミさんは深々と頭を下げてそれを受け取り、ポーチにしまった。そのタイミングを見計らったように、真沙流が厨房のスイングドアから一品目をもって現れた。わたしは皿を受け取って、二人の前に届けた。

「本日の一品目、オマール海老《えび》とカマンベールのアヒージョです」

「わあ、美味しそう」と目を輝かせるハルミさん。これは演技ではなさそうだから、チーズ料理はもともと好きなのかもしれない。

「ここの料理は絶品だよ。さあ、ホームページの話はそのへんにして食事にしよう」

と——その時だった。

ハルミさんがポーチから出したハンカチの上に、何か大きな虫のようなものがくっついていた。彼女はそうと気づかずにそのままテーブルの上にハンカチを置き、そのタイミングでテーブルに転がったそれにようやく気づいたようだった。

遅れて沼田さんがそれを見て「ん？」と眉間《みけん》にしわを寄せた。

ほどなく、ハルミさんが「あっ」と小さく叫んだ。

「何これ……すみません、店員さん！」

不意をつかれて、わたしのほうがびっくりしてしまった。

「はい、どうかされましたでしょうか？」

「こんなところに蟬の抜け殻が。たぶん前のお客さんが置いていかれたんだと思います。片づけてもらっていいですか？」

「えっ……」

思いがけない言葉に、わたしはどう反応を返していいのかわからなかった。

そう、確かにそれは蟬の抜け殻だった。けれど、それは前の客に「置いていかれた」ものではない。

ハルミさんのハンカチにくっついていたものなのに――。

この人、なんでそんなことを言い出したの？

4

薫さんがやってきたのは、わたしが蝉の抜け殻をしぶしぶ受け取り、エプロンのポケットにしまったタイミングだった。〈恋人〉と言ってもいいくらいの頻度で現れる真沙流の幼馴染《おさななじみ》は、今《こ》宵《よい》もオールバック、燕尾《えんび》服《ふく》姿で御登場である。

だがしかし――オールバックの髪がわずかに乱れて、綻《ほころ》んでいる。よく見れば、表情にもやや疲れの色が見える。

「あ、いらっしゃい、薫さん」

「土曜日の夜にお客とは珍しいね」

「そうでもないですよ？　最近はよくあることです」

このところは土曜日も繁盛《はんじょう》している。

薫さんはカウンターのいちばん手前の席に陣取るなり、ぐねんと顔をカウンターに乗せた。体をまっすぐにしている気力すらないようだった。

「ず、ずいぶんお疲れみたいですね……」

「そのとおりさ、マドモアゼル美藻」

「人を未婚、既婚で区別しないでください、この令和に」

この貴族然とした男がこんな注意に耳を貸すとも思えないが、一応毎度注意していることを繰り返しておいた。

「いや、俺はただ異国の貴腐の香りをだね……」と言いかけて不意に隣の二人の視線が自分に向いていることに気付き、薫さんは「どうも」とニコニコと微笑んでみせた。

「お二人はデートですか？」

本当に、真沙流と幼馴染とは思えぬ、根っからの社交的な性格だ。

「いや、デートなんてそんなんじゃないですよ！」

ハルミさんが口を両手で覆《おお》いながら言うと、沼田さんも大慌てで否定した。

「デートなんて言ったら彼女がかわいそうです。彼女はこの老いぼれに手を差し伸べてくれた恩人。僕はすっかりご隠居を気取っていたのに、また何かやってやろうか、なんて気持ちが出てきてるんだから。まあ、まだ今日で会うのは二度目なんですけどね」

こんなに饒舌《じょうぜつ》に返してしまうあたり、沼田さんかなり機嫌がいい。

「そうだったんですね。いや、仲がよさそうなので、すっかりお二人は恋仲なのかと」

うまいなあ、こういうことがさらりと言えたほうがむしろ心で思っているよりよほどいいのだろう。

「彼女とは話のうまが合ってね。ホームページも作ってくれるんだ」

沼田さんはすっかりのろけモードに入っている。目の前に油を置かれても上機嫌で飲んでしまいそうだ。いいのだろうか。この人、けっこうな大金をホームページ作成に注《つ》ぎこもうとしている。たしかにいまの時代、ホームページは依然として有効な窓口となり得るけれど――。

「へえ、俺も頼んでみたいな。ちょっと前に自分でも作ってはみたんだけどね、パンくずがやっかいなんだよな」

なぜ急に薫さんがパンの話をしはじめたのか、わたしにはわからなかった。ほかの二人も同じような反応で、ハルミさんは「パンくず……ああ、キーボードの隙間に入り込むとたしかに」と戸惑いがちに応じた。

「え、あそう……だね……うん」

薫さんは微妙な顔になりながら自ら撤収を決め込んだのかポケットから取り出した文庫本を読み始めた。

やがて、時計の針が九時を指した。すると、急にハルミさんが慌て始めた。

「あの、ごめんなさい、そろそろわたし、帰ります。来週、改めてお話しさせてください。またメールしますので」

「そうかい？　じゃあ、今日はお開きにしよう。ああ、ここは私の奢りだから。急ぐなら先に行きなさい」

「ありがとうございます！」

慌てて出て行くハルミさんの後ろ姿を、愛《いと》おし気に眺めながら、沼田さんは会計を済ませた。それから、わたしに丁寧にあいさつをしてから出て行った。

「ごちそうさま。今日は来てよかった。何か、新しい扉が開いたような気がする。もつべきものはファンだね」

わたしは、沼田さんを見送りつつ心ひそかに祈った。沼田さんの思っている〈新しい扉〉が、壁に描かれただけのものでありませんように、と。深くお辞儀をすると、エプロンのポケットにしまっておいた蝉の抜け殻が、がさっと動いた気がした。

5

ドアが完全に閉まったのを確認してから、薫さんがぼそりとつぶやいた。

「なんだか、不思議なお二人だったね。これから恋愛が発展するところなのかどうか……」

「いや……どうでしょうね。たしかに沼田さんのほうは乗り気だったと思いますけど」

「沼田……あ！　もしかして、あの人、俳優の沼田義男！」

「え、今さらですか……遅い」

しかし、名を明かさなければ、一線を退いた俳優なんてそんなものかもしれない。

「そう、あの沼田さんがまさかあんな女性に引っかかるとは。わたしはショックですね」

「相思相愛じゃないの？」

「んんん、はっきりとは言えませんけどね。わたしはそうじゃないかと……それにいろいろ気になる点も……それより、薫さん、さっきはなんであんなことを言ったんですか？」

「なんのこと？」

薫さんは、背中に羽が生えているのを見つけたような怪訝《けげん》な顔をした。

「ええと、ほら、さっきのパンくずがどうのって」

「ああ、あれね。あの時、彼女ちょっとおかしかったよね？」

「え？」

おかしかったのはあなたのほうでは、と思っていると、厨房から、真沙流が現れた。

そこで、不意に思い出して例の蝉の抜け殻を渡した。

「そういえばさっきこれ、あのハルミさんっていう人が渡していった」

「蝉の抜け殻を？」

　真沙流は蟬の抜け殻を手にそっと取り、顔を寄せてまじまじと点検しはじめた。

「前の客が忘れていったんだろうって渡されたんだけど、じつはわたし、彼女がポーチからハンカチを取り出すときに、そのハンカチにくっついて一緒に出てきたの見ちゃったんだよね」

　真沙流は、蟬の抜け殻を持ち上げて真下から足の様子を確かめた。

「なるほど。たしかに蟬の抜け殻の足の部分は、布類のちょっとした縫い目にくっつく。ポーチに入っていた蟬の抜け殻がうっかり出てくるってことはあるだろうね」

「でも、おかしくない？　どうして自分のポーチに入ってた蟬の抜け殻を、他人の落とし物扱いするの？」

「んん、自分の鞄から出てきたことに気付かなかったんだろ」

　わたしはさっきの瞬間を思い出した。そんな感じではなかった。彼女はハンカチにくっついている段階で気づいたのだから、自分のポーチから出てきたと気づいたはずだ。

「それはどうかな……気になるのは、沼田さんが小さく『ん？』って言ったら、そのタイミングでわたしに蟬の抜け殻を片づけるように言ったことよねぇ。ポーチから取り出したのと、沼田さんに気づかれるまでにはたぶん２、３秒くらいはあったと思うけど……たぶん彼女のほうが先に蟬の抜け殻には気づいていたと思う」

「つまり、沼田さんが気づかなければ、ポーチに戻していたかもしれないってことだね？　順序でいえば、ハンカチと一緒に蝉の抜け殻がテーブルに現れる。それにハルミさんが気づく。沼田さんが『ん？』と声を上げる。それで、君に前の人の忘れ物と主張する――と」

「そう。ポーチから蝉の抜け殻が出てきたのを隠そうとしたってことよね。そもそもだけど、ふつう、蝉の抜け殻なんてポーチから出てくる？　わたしのポーチからは出てきたことないんだけど」

　すると薫さんが朗らかに笑う。

「空蝉《うつせみ》の謎《なぞ》、か。これはちょっとしたミステリーだね。晩夏にふさわしい、季語のある謎だ」

　薫さんはそんなことを言いながら、わたしに土産で持ってきたマルケ・ビアンコ・オルガニックを注いでくれた。頭は蝉の抜け殻の謎でいっぱいになり、お酒どころじゃなかったけれど、いただきます、と口に運んだ。ふわっと思考を散らすような爽《さわ》やかな酸味が口内に絶大な清涼感をもたらした。

「なんですか、この白ワイン、めちゃくちゃ美味しい！　しかも夏の終わりにぴったり」

「だろ？　このところ世の中元気がないからね。せめて素敵なお酒を飲まなくちゃ」

　店の電話が鳴ったのは、もうひと口飲もうかとグラスを傾けたタイミングだった。

わたしが受話器をとると、女性の声が話してきた。

「あの……さきほど、そちらで食事をしていた者です……」

ハルミさんの声だった。

「じつはさっき片づけてくださいと頼んだ蟬の抜け殻なんですが……私のなんです。明日の夜六時に取りに伺いますので、とっておいていただけますか？」

「あ、そうだったんですか……かしこまりました。では念のためお名前をフルネームでお願いいたします」

「はやし、はるみです。木が二つの林に、晴れに美しいで晴美といいます」

「わかりました。それでは明日の夜六時、お待ちしております」

電話を切った。わたしはすぐに二人に電話の内容を伝えた。案の定、二人とも唸《うな》ってしまった。まさに謎の深まる展開である。

「いや、まいったね、謎すぎる……」と薫さん。

対する真沙流は、むしろ面白そうな顔で壁の一点を見ながら、とらやの羊羹《ようかん》を頬張っている。やがて、三人のうちに流れた沈黙を打ち破るようにして、真沙流がこう切り出した。

「謎を並べてみようか。
●なぜ晴美さんは蟬の抜け殻を前の客の忘れ物だと言ったのか。

●そもそもなぜ蝉の抜け殻は晴美さんの鞄に入っていたのか。
●晴美さんは何のために蝉の抜け殻を取りに戻ってくるのか」
すると、そこで薫さんが割って入った。

「あと、もう一つあるよ。
●なぜ晴美さんはパンくずの意味を知らなかったのか」
黙って聞いていたわたしは、不意に顔を上げた。

「ん？　どういうことですか？　パンくずはパンくずでしょう？」

すると、薫さんが失笑した。

「マドモアゼル美藻までそんなこと思ってたの？　そうか、それじゃあ勘違いしてもしょうがないよな」

「どういうことですか？　ご説明願いたいですね」

薫さんはかぶりを振った。

「君は人を笑わせるのが上手だな。文脈ってものがあるだろう」

すると、そこに重ねて真沙流が言った。

「そう、文脈。僕も厨房にはいたものの、そこの部分の会話はちょうど聞こえていたんだ。あのとき、何の話をしていたか思い出してごらん」

「えっと……たしか、薫さんが自分もホームページをお願いしようかなとか言い出してそれで……まあたしかにパンくずが出てくる文脈じゃなかったですけど」

「あのタイミングでパンの話を始めたら俺は相当な変人だよ」

　薫さんのあきれた様子に、ふふっと真沙流が笑いながら説明を加えた。

「たしかに、知らなければわけがわからないよね。パンくずっていうのはね、正確にはパンくずリストといってWEBサイト内での現位置をリンクのリストで記したものなんだよ。パンくずリスト作成の知識がないと、作ることができない」

「その由来は、童話の『ヘンゼルとグレーテル』なんだ。森に入ったヘンゼルとグレーテルは、迷子にならないようにと、自分たちが歩いてきた道にパンくずを置いていくだろう？」

　薫さんもそう説明を加えた。

「あああ、そうなんだ！　ぜんっぜん知らなかった！　で、でも、べつにふつうだし。恥ずかしいことじゃないしー」

　精一杯強がってみた。真沙流は生温かな目でわたしを見ていたが、すぐにまじめな顔に戻った。

「まあ、君が知らないのは問題ないんだ。専門外だから。問題は、晴美さん。ホームページを作れるという彼女が、パンくずと言われて〈パンくずリスト〉だと気づかなかったことなんだよ。これはどう考えてもおかしい」

「それって……もしかして……」

まさに真沙流の指摘によって、わたしがずっと感じていた不審の一端が露《あら》わになった気がした。真沙流はわたしの推察を読み取るように大きくうなずいた。

「そう、たぶん、彼女はホームページに詳しくない」

6

とはいえ、そこから先には謎の解明は進まなかった。真沙流は何らかの解の欠片《かけら》はもっているものの、それをどういう回路で言葉にしていいものか考えあぐねているようだった。

十分後、ようやく真沙流が絞り出した言葉は、解ではなく疑問だった。

「それにしても、なんで蟬の抜け殻なんだろうね？」

「それよ。しかも自分のものなのに、一度はこっちに始末させようとした。しかも気が変わったのか、明日の夜に取りに来る……」

「一つ確かなことがあるとすれば――そのポーチの中に入っていること自体、彼女は知らなかったんじゃないかってことだね」

「自分のポーチなのに？」

「わかっていれば、もっと注意してハンカチを取り出すはずだし、自分で入れた記憶があれば、瞬発的にすぐ戻せる」

「ああ……まあ、たしかに。でも自分で入れてないものが、どうしてポーチから出てくるの？」

「そこがこの謎の要《かなめ》なんだけど……おや、考えすぎて眠くなっている人がいるね」

　不意に横を見ると、今にも薫さんが寝落ちしそうになっている。

「薫さん、本当に疲れているみたいですね」

　カクン、となりながら薫さんはどうにか起き上がり、伸びをした。

「いや、まったくそれなんだ……じつはさ、夜八時以降の営業自粛要請が出ちゃってね。しかもアルコール類の提供禁止だって。まいっちゃったよ」

「ああ、出ましたね、そう言えば」

　薫さんは赤城神社の近くに会員制ワインバーを開いている。ただし開店は週に三日だけ。残りはさまざまな料理店に、その店の味に合ったワインをセレクトして回っている。

　わたしたちの場合、もともと夜は予約客を一日に二組か三組程度と決めているから、それほど大きな影響はないけれど、薫さんのようなバー経営や、他店のワインをセレクトして回る職業の人にとってはアルコール類提供禁止のほうがもろに影響を受けることになるのだろう。

「まあでもこんな時代、困っているのは自分だけじゃないよ。じつは、知り合いの酪農家が困っていてね。学校が長期休校に入ったらしくて給食が停止になって、結果として牛乳が大量に余ってしまっているらしいんだ。料理で使う予定ない？」

薫さんは床に置いていたビニール袋の中から大瓶のミルクを三本出して、カウンターの上に置いた。牧場から直送されてきたようなタイプのものだろう。

真沙流は眉間にしわを寄せた。

「困ったな。うちの料理に使うぶんはもうたっぷり買ってあるんだよね」

その買い出しに行ったのはわたしだ。〈マージュ〉の冷蔵庫には二週間分の牛乳がたっぷり詰まっている。それというのも、市場でも牛乳を大プッシュされたからだった。

「そっか。じゃあやっぱ廃棄かなぁ。酪農から直接仕入れたグラスフェッドの最高品質の牛乳なんだけど」

グラスフェッドというのは、牧草だけで育てた乳牛ということだ。通常、牛を育てるには栄養価を調整する意味もあって化学飼料も多少混ぜる。が、牛乳本来のうまみを最大限引き出したければ、牧草だけで育てるのがいちばんなのだ、とこれは真沙流に聞いた話だ。

「……たしかにもったいないですねぇ。何か使えそうですけど」

わたしがそう言うと、真沙流が意外そうな顔をした。

「君はもったいないとか考えるタイプだったんだね。要らないものは何でも捨てちゃうタイプかと思ってたけど」

この男、悪気もなく堂々とわたしの人格をディスってくる。

「あのね、わたしを何だと思ってるの？」

「ええと、豪快な子」

かなり誤解がある。

わたしたちのやりとりを見ながら、薫さんがニマニマしている。

「薫さん、最近ちょっとわたしたちのやり取りを楽しみすぎじゃないですか？　もう少し割って入ったり、止めたりとかしたほうがいいですよ。そのうち血を見る争いが起こります」

「あははは。それはそれで見てみたいからなぁ。それより、お土産はこれだけじゃないんだ。もう一つあってね。これさ」

薫さんが差し出したのは一本のボトル。ラベルにはひらがなの〈くらむぼん〉の文字。さらにその下には小さく〈Jus de raisin Alcool 0.00%〉とある。Jusというのは、フランス語でジュースを意味しているのではなかったか。

「これ、山梨で作られている葡《ぶ》萄《どう》液なんだけど、甘みは抑えめでコクと酸味が深く、上質なワインを飲んだときと変わらない満足感が魅力なんだよ」

「へえ。たしかに日本にもワイナリーはいっぱいあるって聞いたことありますけど、薫さんの御眼鏡にかなうようなものもあるんですね」

意外な気がした。やっぱりワインといったらヨーロッパ。日本で作られているといっても、さすがに薫さんのような玄人《くろうと》は飲まないのだろう、となんとなく思っていたのだ。それとも葡萄液ならまあいいかということなのだろうか。

「とんでもない。最近は日本のワイナリーのワインでも、かなり本格的な味わいのものが多いんだ。中でも山梨の勝沼という土地は、日本で最初の民間会社〈大日本山梨葡萄酒会社〉が作られた場所でもある。その後、独自の品種改良が重ねられて、ヴィニフェラ系マスカット・ハンブルグとアメリカ品種のベーリー種からマスカット・ベーリーAという品種が作られた。これは日本産赤ワインの代表品種となって、近年ではワインブームなどの影響も手伝って世界でも広く認められるようになったんだよ」

「そうだったんですね……まったく日本のワイン事情を知らず」

「葡萄って乾いた大地を好むから、多湿な日本はあまり葡萄に適しているとは言えない。でも、山梨のように緩やかな傾斜地が広がっていて水捌《みずは》けのよい盆地なら、それが可能なんだ」

「ふむ。なんだか、ボトルからして美味しそう」

実際、アルコールが入っていないとわかっていてもなお、その色合いはまったく高級感を損なわない。

「飲んでみたまえ。マドモアゼル美藻」

「だからその呼び方、やめてくださいってば」

薫さんは気にせずボトルを開栓してグラスになみなみと注ぎ入れる。

まず香りを楽しむ。苺《いちご》のような甘やかさと、そのすぐあとにやってくる大地の血を吸い上げたような濃密なコク。薫さんが持ってくる上質なワインの匂いにも引けを取らない。

口にしてさらに衝撃が走った。

「うんんま！……え、これ、ジュース、え？　本当に？」

「一切の水や糖を加えず、濃縮も着色もしない、ありのままの大地の味を伝える極上の葡萄液だよ」

「すごい上品な味わいですね。高級レストランでステーキのお供にできそうなくらい」

「そのとおり。じつは今、アルコールの提供がストップしていることもあって、この葡萄液の需要がだいぶ増しているんだ。ワインと同じだけの満足感が得られるのなら、アルコールが入っていようといまいとあまり関係ないからね。問題は肴なんだよね」

「肴？」

「葡萄液でもやっぱり同じ土地でとれた肴がマリアージュとしては最高なんだ。だから、できれば同じ産地の肴が合うと思うんだが」

そう言いながら、なぜか薫さんはわざとらしく牛乳のボトルをわたしの目の前にぐいと肘《ひじ》で押してきた。

「ん……ちなみに、この牛乳はどこでとれたんですか？」

薫さんはニヤリとした。よくぞ聞いてくれたと言わんばかり。聞いてほしそうなのがわかってしまったことが悔やまれなくもない。

「じつはね、山梨の酪農なんだよ」

同じ産地の牛乳と、葡萄液。もしもこの牛乳を使って料理をすれば、同じ土地の食材による肴が生まれ、見事なマリアージュを実現することができるということになる。

「真沙流、君も昔の研究を活《い》かして……」

そう言いかけて、薫さんはしまった、という顔になった。

一瞬だが、真沙流の表情が硬くなった気がした。

昔の研究を活かして？

わたしは怪訝な眼差《まなざ》しを薫さんのほうに向けた。

「何ですか、昔の研究って？　真沙流、何を研究してたの？」

「いや、な、何でもない……チーズチーズ……」

薫さんの慌てぶりが何でもなくないことを物語っていた。

「そう言えばこの店って二年前に開店したんだよね？　その前って、何をやっていたの？　やっぱりほかのお店で修行とか？」

「ま、まあふつうだよ、ふつう……な、真沙流……」

怪しい。対する真沙流は、完全にほかのことを考えているのかフリーズしている。真沙流のほうは薫さんほど焦ってはいないようだ。

「なるほど。そうか……その手があったね……」

突然、真沙流が何かをひらめいたような顔になっていた。

「え、なに、どうしたの、急に。こわいんですけど」

こう呼びかけても、いまの真沙流は脳内が高速回転しているのでたぶん答えないだろう。とにかく真沙流は何かひらめいた。それはきっといいことに違いない。一方の薫さんはといえば、話が逸《そ》れたことにものすごく安堵《あんど》しているように見える。こっちはこっちで怪しさマックスだ。

「牛乳の使い道が見つかったよ。やってみる価値はあるね」

「牛乳の使い道？」

「日本産のワインには日本産の肴がいちばんだが、日本料理とチーズは水と油なところがある。でも、それを可能とする日本の古くからある料理があるんだよ」

そして、真沙流はわたしのほうを向いた。

「もしかすると、これは今度の蟬《せみ》の抜け殻の謎を解決する鍵《かぎ》にもなるかも知れないね。謎を解くだけなら、どんな名探偵であっても解ける。でも、それではお客様をおもてなししたことにはならない。僕らには、僕らなりの解き方が必要なんだよ」

僕ら、と真沙流はいった。こういう表現をするのは、無自覚だろうけれど、初めてのことだった。真沙流が、わたしをチームとして認識しているということを意味していた。

こそばゆい一方で、ほんの少し肩が軽くなっている自分もいる。きっと〈くらむぼん〉が美味しいせいだろう。そう考えながら、気が付いた。ああ、〈やまなし〉の葡萄を使っているから、〈くらむぼん〉か。そんな今さらな気づきがおかしくて、わたしは二人に気づかれないように、そっとほくそえんだ。

7

翌日の夕方五時――。

まだ日が高く、真昼のような光が店内にも差し込んでいたが、おそらく一時間ほどの間にはこの色合いは変わる。少しずつ夏の命が終わりつつあるのだ。そのことは、蟬の鳴き声の弱まりからも感じることができた。

真沙流は厨房に立ち、間もなく来店するであろう晴美さんのために、料理の支度に勤しんでいた。ただ蝉の抜け殻を取りにくるだけ。でも、そこで真沙流は料理をご馳走《ちそう》する気でいるのだ。じつは、昨夜から、真沙流が厨房で遅くまでじっと鍋《なべ》をかき混ぜていたのをわたしは知っていた。ひたすら牛乳をかき混ぜる単調な作業のようだったので、真沙流が眠くなるとわたしが交代したが、それもすぐ疲れてしまって、また真沙流に交代したりした。

　明け方、気が付くとすでに鍋は空になっていて、わたしの寝ていたソファベッドの手すり部分を枕にして床にへたり込んだまま眠っている真沙流に尋ねたら「もう完成したよ……むにむに」との答えが返ってきた。

　何が完成したのかはどうせ聞いても教えてもらえないだろうから聞かなかったが、恐らくは晴美さんへのおもてなしに不可欠な何かだったはずだ。

「いよいよね。シェフ、自信のほどは？」

「もちろん。それに、思いがけない僥倖《ぎょうこう》で最近の悩みも一気に解決した」

「最近の悩み？」

「新作メニューの開発」

「ああ。何かアイデアが？」

「ふふふ。まあ、見てのお楽しみ」

「そういえば、わたし、もう真相わかってるかも」

「ほう。言ってみて」

こう余裕をかましてくるのは、サバゲーとは違って推理においては自分にイニシアティブがあると思っているからだろう。どっこい、わたしだってとくに今回は結構な名推理だという自信があるのだ。

「沼田さんは、ファンだという晴美さんとめぐり合って意気投合。その魅力の虜《とりこ》になったあまり何としても恋人にしたいと願う。そこで、二度目の食事に誘いだし、待ち合わせ場所からの移動中に晴美さんのポーチに蝉の抜け殻をそっと忍ばせる」

「……なんのために？」

「もちろん、キャーっと叫んで沼田さんにすがってきてもらうため」

「そんな都合よくいく？」

「だって、蝉の抜け殻って、嫌いな人は嫌いだよ。とくに女性は虫が全般苦手な人って少なくないと思うんだよね」

「まず誤解があるな。蝉の抜け殻は、殻だからね、虫そのものじゃないんだよ？」

「虫嫌いの人にとっては関係ないんだよ、真沙流くん」

「そう？　だって漢方では煎《せん》じて使う場合もあるし」

「そんなこと普通の人はしないしね」

「ふうむ……まあ、要するに、好きな子とホラー映画見に行くような感覚ってことだよね？」

「そうそう。女の子が叫んで腕に抱きついてきたら、ラッキーって、それくらいの気持ちよね。そうしたら、晴美さんは怖がるわけでもなくわたしに片づけてくれと渡してきた、と」

「まあそこまではいいとしよう。では、それをわざわざ今日取りにくることにした理由は？」

やはりそこまで尋ねてきたか。

「晴美さんが家に戻ってからふと、それが沼田さんの仕業だと気づいて、なんてかわいいオジサマ、と思い返して記念に取りに戻った、とかはどう？」

「確証もないのに？」

「ううむ、そうねえ……たしかに確証はないけど」

「それと、君の推理にはもう一つ、大事なことが欠けている。それは、結局晴美さんとはどういう人間なのか、ということだね。じつはね、蟬の抜け殻の謎も、彼女がパンくずという言葉に気づかなかった謎も、一つのポイントに集約することが可能なんだよ」

そうか、わたしはパンくずのほうの謎をすっかり置き去りにしていた。

「え、その二つの謎は交差するってこと？」

真沙流はそれにたいして頷《うなず》くでもなく、含み笑いだけで答えた。

「まあでも、一日で考えたにしては、よくできている推理だね」

「うわっ、完全に上から目線。サバゲーで瞬殺される人とも思えない」

「それを言わない……」

カランカラン。

時計をみる。いつの間にやら、六時になっている。

予定時刻ぴったりに鈴の音が鳴り、ドアが開いて晴美さんが現れた。前日とはうってかわって、質素なスーツ服を着ていた。わたしは、ジップロックに入れた状態のまま蝉の抜け殻を渡し、真沙流に頼まれていたセリフを口にした。

「もしお急ぎでなければ、一品ご試食いかがですか？　もちろんお代はいただきません」

「え……それじゃあ、はい。ちょっとだけ。ありがとうございます」

晴美さんは何度かわたしに頭を下げながら椅子《いす》に座った。心なしか、晴美さんはそわそわしているように見えた。ここが沼田さんに教えられた店だということで、前日の出来事を引きずっているのかもしれない。

「本来なら、ワインをお出しするところですが、先日アルコール類を提供しないようにとの発令がありましたので、今宵はとくべつな葡萄液をご用意しました」

「そんな、私、ただ蟬の抜け殻を取りに来ただけで……」

「お気になさらずに」

わたしは彼女のグラスに〈くらむぼん〉を注ぎ入れた。

それを一口飲んだところで、表情が和らぐのがわかった。

「これ、好きです」

晴美さんの目に、わずかに生気が戻ったかに見える。そのタイミングで、厨房《ちゅうぼう》から真沙流が皿を持ってきた。すぐさまそれを受け取ってカウンターに出す。

「お待たせいたしました。本日の一品目、山梨県名産甲州地どりを香味野菜と白ワインで蒸して、フロマージュ・ブランソースとライムで仕上げた爽やかな一品です。ひたすら美味しさにこだわって改良を重ねた鶏《とり》のむね肉を、チーズ料理に生まれ変わらせた当店自慢のオリジナルメニューをぜひご堪能《たんのう》ください」

「……いい香り。何だか急にお腹《なか》が空《す》いてきちゃった……」

晴美さんは思わずといったふうにそう呟《つぶや》いた。いいぞ。いい傾向だ。

一方で、例の新作メニューとやらの仕上がる匂《にお》いが厨房から漂い始める。

新作メニューを、いままさに真沙流は料理していた。一度、試作の匂いは嗅《か》いでいるから、タイミングはわかっている。じゅううううっと、鍋の中でレモンと昨夜の労作が一つに溶け合う音が聴こえる。間もなく、間もなくだ。

と、その時、例の匂いが、漂い始めた。

いつものチーズ料理とはだいぶ違う。濃密だけれど、チーズというよりも、塩気を含んだ発酵の進んだミルクの香り。素朴《そぼく》で、よく知っているような気もするけれど、まるで知らない気もするまったく異次元の香ばしさだ。

　知らない人が嗅いだら、たぶん乳製品ではあるがチーズ……なのか……ここはチーズ料理専門店なのだから……なんて悩むのではないかという気がする。それくらい、この真沙流の手による新作の匂いは独特だった。

　しかし、一瞬脳裏に嫌な記憶がよみがえったのも確かだった。そう、母の特製チーズの記憶。あのチーズとはまるで違うけれど、アオダイショウとウナギくらいの類似性はある。

　匂いが、徐々に濃くなってきた。いよいよ、完成間近なようだ。

　わたしは、意を決して晴美さんに質問を繰り出した。それは、真沙流が料理を運ぶ前に確認してくれと事前に頼まれていた問いかけだった。

「それで、できればなんですが、ホームページのパンくずリストの作り方についてお聞きできれば、と」

「ええと……パンくず？　パンくずですか……どういうことか私には……」

　思ったとおりの反応だった。この質問によって前日の薫さんへの受け答えが一時の勘違いなんかではないことが明確になった。

そこに——厨房から真沙流が現れた。

「たいへんお待たせいたしております。本日のメインディッシュが間もなく出来上がります」

真沙流は、晴美さんの前に皿を置き、初めて彼女をしっかりと見据えた。

「しかし、お召し上がりいただく前に、一つだけ——。なぜホームページが作れるなんて嘘《うそ》を？」

その刹那《せつな》、晴美さんの顔に、うっすらと笑みが浮かんだように見えた。

まるで、長い苦役からやっと解放されたような、そんな笑みだった。

8

真沙流は落ち着いた眼差しで悠然と晴美さんを見ている。いつもの女性嫌いの雰囲気はかけらもない。謎解きを前にすると、患者を前にした看護師みたいに性別が気にならなくなるのだろうか。

「先ほど彼女がパンくずリストの作り方について尋ねたとき、あなたはまったくパンくずが何かも理解していなかった。パンくずと言ったら、ホームページ用語でパンくずリストがすぐに浮かぶはずなのに。ちなみに、パンくずリストというのは、サイトを訪れたユーザーの位置を教える表示のことです。僕も一度ホームページを作ろうとして少しかじったきり、忘れていましたが、しかしホームページを作れるというのなら当然知っていなければならない」

「そ、そんな、決めつけはよくないよ、真沙流。きっと晴美さんは外注してるのよ。ね、そうですよね？」

一応の援護を試みたけれど、晴美さんは黙っている。そこには、昨日沼田さんに色仕掛けをしていたときのような妖艶《ようえん》さは微塵《みじん》もなかった。どっちがこの人の本当の姿なんだろう？

「恐らく」と真沙流が切り出す。「あなたは初めからだますつもりで沼田さんに近づいた。沼田さんの出演作をすべて調べ、引退の理由なども研究し、熱心なファンを装《よそお》った。そして、まだ演技自体には未練があることを見抜いてホームページを作って俳優業の窓口にしましょう、と誘う。もちろん、狙《ねら》いはお金です。ホームページ制作という話は、商品を売り付けるのとは違いますから、実物を用意する必要がない。疑われても、どこかのホームページを何枚かプリントアウトして〈これも私が作ってます〉とでも言えばいいわけです。当然、ホームページ用語なんて知らない」

晴美さんはいまや完全に青ざめ始めていた。その顔を見るうちに、これ以上は庇《かば》いきれないな、とわたしも判断した。そう、おそらく晴美さんは真沙流のいうとおり、沼田さんをだまそうとしていたのだろう。わたしの最初に感じた邪推は図らずも当たっていたのだ。

「しかし、そうまでしなければならなかったのはなぜなのでしょう？」

「それは……先月までバイトで勤めていた小さな映画館の運営スタッフをクビになってしまって……急な営業自粛要請で上映回数減らしたり、席の間隔を空けたりした結果、映画館の業績が大幅に下がったから、リストラ対象にされたんです」

「でもこの世の中、仕事の募集はゼロじゃない」

「仰《おつしゃ》るとおりです。だから、これを機に思い切って正社員採用を狙いました。そして、幸運にも、大手製薬会社の事務職につくことができたんです」

「あ、そうなんですか？　じゃあ、よかったじゃないですか！」

ところが、晴美さんはかぶりを振る。

「もちろん就職自体はうれしいことなんですが、困ったことが一つあったんです。アルバイトは当月支給だったんですけど、正社員は……」

「なるほど。つまり――正社員採用のネック。給料の翌月払い、ですね？」

「そうなんです……」

「あ、そっか」

　先月バイトをクビになる。すぐに就活をして内定をもらって働きだしても、その月の給与が翌月払いとなると、この八月の収入をどこから捻出《ねんしゅつ》すればいいのか、ということになる。

「それでも、あなた一人なら、夜にべつのバイトを入れればうまくいきます。でも、そうできない事情があった。それがつまり――蝉の抜け殻にあると僕は考えているんですが、どうですか？」

　そう宣言した真沙流は、固いチーズをもすっとカットするナイフさながらの鋭利な目をしていた。

9

「ちょ……真沙流、蝉の抜け殻とバイトを入れられない理由がどうつながるのよ？」

　わたしが戸惑っているのに対して、晴美さんのほうはといえば、観念したような表情をしていた。

「どこまでもわかってしまっているんですね……」

「蝉の抜け殻ひとつのことではありません。それを見つけたときのあなたの不自然な反応。あのときあなたは、蝉の抜け殻がバッグから出てきたことに驚いたものの、それがバッグから出てきたという事実を隠そうとした。それがなぜなのかを考えていました。おそらく、驚いたということは、鞄《かばん》の中にそれを入れたのはあなたではない。そう考えたときに、あなたが隠そうとしたのが何なのかもわかりました。あなたが、隠したかったのは、その鞄に蝉の抜け殻を入れた人物の存在だったのです」

晴美さんはすっかり俯《うつむ》き、唇をぎゅっとかみしめていた。

返事はなくとも、その姿が何よりの肯定を示していた。

「もう一つ、怪しむポイントがありました。あなたが夜の九時になるかならないかの時間に慌《あわ》てて出て行ったことです。要するに、あなたは夜九時にはどうしてもどこかへ着いていなければならなかった。終電ならまだたっぷりある。焦《あせ》らなくてもいい。では何なのか。近所の神楽坂保育所は、夜九時まで子どもを預かってくれるみたいですね」

「……はい、そうです……」

「もしも、そこに預けている子どもを引き取りにいかなければならないのなら、この店の位置からなら三分とはかかりません。ぎりぎりに出る理由もよくわかります。おそらくそこに預けられていたお子さんこそが、蝉の抜け殻を鞄に忍ばせた張本人です」

「お子さんが……いらっしゃるのですか？」

驚いてしまった。何しろ、晴美さんはわたしよりほんの少し上にしか見えなかったから。だけど、考えてみたら、わたしの年齢でだって子育てをしている人はいっぱいいるのだ。何の不思議もないではないか。

「はい。四歳になります。父親はいません。はじめから私一人で育てるつもりで生んだんです。ふだんは夕方六時に引き取りに行くんですが、残業があるといえば、最大夜九時まで預かってくれます。昆虫が大好きなもので、蝉の抜け殻も道に落ちてるのは全部拾ってしまうんです。それで、私にときどき〈ママにごほうび〉って言いながらくれたりするんです」

　ごほうび——。

　たぶん、毎日お仕事に出かける母を、子どもなりに気遣って〈ごほうび〉をあげようと鞄に忍ばせたのだろう。晴美さんはすぐに子どもの仕業だと気づいたけれど、それを口にすれば、子どもがいることがバレてしまう。それでは、色仕掛けで沼田さんをだまそうとしているのに、計画が台無しになる。だから、咄嗟《とっさ》にお店に落ちていたものだということにして、わたしに片づけさせようとした。

「一度わたしに片付けさせたのに、こうして取りに戻ってこられたのはどうしてですか？」

「子どもの宝物は、私にとっても宝物ですから。とくに、私にくれたわけですし……」

真沙流はその言葉に深く何度か頷き返した。

「お金が必要なのも、じつは息子のためなんです。生活費だけなら多少切り詰めれば貯金で何とかやり繰りできないこともありません。でも、もう一つ事情があって……じつは、いま住んでいるアパート、すぐ上の階の方が音にやたら敏感で、先日はアパートの階段ですれ違いざまに息子の目の前で『お宅の子どもの声がうるさくて夕飯がまずくなる』って言われたりして……」

「ひどっ！　何そいつ……」

思わずわたしは感情的になってしまった。

「だから息子を守るためにも引っ越したいんですが、入居のためには、シングルマザーである自分が家賃を払える保証として残高証明を見せなければならないみたいなんです。それでどうしてもある程度のまとまった額が必要で……」

晴美さんの苦悩を吸い取ろうとするような優しい眼差しで真沙流は彼女の言葉を引き取った。

「あなたは息子さん思いの素敵な母親のようですね。夜のバイトができない理由も、その子の存在があるから。そうですね？」

「はい……」

「でも、だからといって人をだましていいことになると、思いますか？」

「……本当に私……間違ってました」

「人は誰でも間違えるものです。過《あやま》ちを供養《くよう》するための一品が、いま仕上がりました」

10

「本日完成した新メニュー〈とあるチーズのレモンリゾット〉は特別な、とても特別なものとなりました」

真沙流が晴美さんの前に運んできたその料理は、一見するとありふれたレモンリゾットだった。だが、匂いがかなり異なるとくべつなレモンリゾットではあった。

「ねえ真沙流、これ、なんていうチーズを削って入れたの？　今まで嗅いだことない匂いだけど」

そして、わたしにとっては、ほんのりと記憶を刺激する匂いでもある。メニュー名の〈とある〉というのが何とも気にかかる。

「蘇《そ》らしきものをつかったレモンリゾット、と言っておこうか」

「ソ……？　ソ？」

わたしも晴美さんも、虚をつかれた。

「よみがえる、と書いて、ソと読む。蘇は、５３９年に百済《くだら》から献上された日本最古のチーズです。６４５年に帰化人の善那《ぜんな》が孝徳天皇に献上したのがはじまりと言われて、鎌倉時代以降に衰退しました。その製法はほんのわずかな記録しかなく、そのとおりに作っても湿度の高い国内で重宝されたとは考えにくいことから、もっと何らかの工夫があったのでは、と言われていますが——とにもかくにも、現代においても、製法を再現して脈々と作られています」

「なるほど……あ、でもいま〈蘇らしきもの〉って言ったよね？　蘇そのものじゃないってこと？」

　わたしの問いかけに、真沙流はニヤリとした。

「いいところに気づいたね。それはね、さっきも言ったとおり、蘇の製法にまつわる記録がほぼ残っていないからなんだ。誰も本物の蘇は知らないから、それが正真正銘その時代と同じ味という確証はない」

　それから、真沙流は晴美さんのほうを見やった。

「沼田さんをだますために晴美さんがついた〈ホームページを作れる〉という嘘もそんな蘇のようなものです。沼田さんにとって〈ホームページ〉は存在は知っていても、仕組みもどういうものかも、作り方もわからない。手に触れられる実態がない、という点では、書物の中にしかない蘇と同じです」

　晴美さんの頬を、透明な雫《しずく》が伝った。

「沼田さん……あんなにいい人じゃなかったら胸も痛まなかったのに……」

その言葉のなかに、小さな火が灯《とも》っているのをわたしは見逃さなかった。晴美さんは、沼田さんをだまそうとする過程でいつしか想《おも》いを寄せるようになってしまっていたのではないか。

「本日レモンリゾットのために使用した蘇は、山梨の酪農の牛乳を使って当店で作ったオリジナルです。でも製法は曖昧《あいまい》です。そこは沼田さんにとってのホームページのようなもので、重要ではないのです。大事なのは、美味《おい》しく召し上がっていただくこと。お客様の心を満たすことです。お手元の葡萄液〈くらむぼん〉も山梨のもの。同じ土地で育《はぐく》まれた蘇と葡萄液のマリアージュをご堪能ください」

言いながら、真沙流はわたしの前にも蘇を使ったレモンリゾットを用意した。「おつかれ」と口元が動いた。いえいえ、とこちらも口の動きだけで答えながら、それを食べた。

蘇のレモンリゾットはどこか王族の養生飯といった複雑なのに気品も兼ね備えた味わいがあった。それでいて懐かしさと、料理がまだ名付けようのない英知だった時代の素朴さも秘められている。

「前金でいただいたお金は、これから行ってポストにお返しします」

「でもそれでは残高証明ができないのでは？」

「カード会社に頼ります……正社員にも決まったし、一社くらいは貸してくれると思うんです」

すると、真沙流は背後のポケットから封筒を取り出した。

「よろしければ、当店からお貸しします。新しいお住まいの審査が通り次第、お戻しいただけるということであれば」

「そんな……申し訳ないです。それに、私なんかを信じていいんですか？」

真沙流は満面の笑みでその言葉を受け止めた。

「過ちなら、たったいまこのレモンリゾットで供養されましたよ。あなたを信じます」

晴美さんは涙を流してその封筒を受け取ると、「ありがとうございます。返します。絶対に」と力強く言い切った。

それから、晴美さんはレモンリゾットの最後の一口を食べた。

「もしも、沼田さんがこの店に来ることがあったら、お世話になりました、またどこかで沼田さんの演技に出会えるのを楽しみにしています、とお伝えください。おそらく、私が彼と顔を合わせることはもうないと思いますから」

「わかりました。必ず伝えます」

晴美さんは重石を下ろしたように大きく息を吐きだして、ゆっくりごちそうさまでした、と唱えた。

11

「なんだか、よかったのかな……引き留めたほうが二人のためだったんじゃ……」

夜八時。晴美さんの帰った後で、食器を洗いながら、今頃になって後悔が肩のあたりに押し寄せてきた。昔から、後悔でも怒りでも、溜《た》まるのがゆっくりすぎるのだ。だから、満タンになったときにはもう遅い。

「引き留めたって仕方ないよ。沼田さんが気づいていなかろうと、晴美さんが人を騙《だま》そうとした事実は消えない。それは彼女自身がよくわかっている。晴美さんは、自分に厳しくありたいんだと思うよ」

「そっか……大人の世界も難しいなぁ……いま考えてみると、案外お似合いの二人だった気がしてくるんだけど……」

「そもそも君はすぐ恋愛と結びつけたがりすぎるよ。恋だけが絆《きずな》じゃないでしょ。晴美さんの沼田さんに対する気持ちもそうだし、一方の沼田さんの晴美さんに対する気持ちだって、恋愛感情だと捉《とら》えたほうが物事が見えやすくなるだけの話だよね。それって、ある意味では安易に、都合よくわかりやすく世界を見たいだけなのかもしれないよ」

真沙流はソファにぐったりした姿勢になってとらやの羊羹《ようかん》を食べ始めた。今日は〈夜の梅〉にしたようだ。もうすっかり気分は閉店モード……と思った矢先、カランカラン、とまた鈴が鳴る。

「いらっしゃいま……あ、沼田さん……！」

沼田さんは「少しだけ、いいかな」と言っていつもの静かな足取りでカウンターの一番奥の席に腰を下ろした。

それから、かすかに鼻を動かして、言った。

「もしかして、晴美さんがここへやってきた？」

あのフローラル系の甘やかな香水の残り香を嗅ぎ取ったのだろう。

「はい……一時間ほど前になります」

沼田さんは一点を見つめて、しばし考え込むような顔をしていたが、やがてゆっくりと二度うなずいた。

「そうか」

いろんな意味を飲み込んだ「そうか」だったように思えた。真沙流が厨房から現れて、葡萄液を差し出した。

「今日、晴美さんにもお出しした葡萄液です。沼田さんに、お世話になりました、と伝えてほしいとのことでした」

「……さっきポストに昨日あげた前金の入った封筒が入ってた。結局、何も助けてはやれなかったな……。僕は、いつもそうだ……もっと早く気づいてやれたらなぁ」

「いつも？」

「十数年前、僕には一人娘がいてね。大学を卒業したら一人暮らしをすると言って出て行った。家も近いし、数ヵ月に一度は帰ってくるから、それ以外のときはあまり連絡を取り合わなかったんだけど、ある夜、何か話したいことがありそうな雰囲気の電話がきてね、なんでも父さんにできることはするから、と伝えたけど、結局ありがとう大丈夫って電話を切られた。そのあとだったよ、娘が交通事故で死んだのは。水商売のバイトを始めていたらしくて、慣れないお酒で酔った帰り道の事故だった」

「そんなことが……」

　過去の話とわかっていても、胸が締めつけられ、言葉が迷子になる。

「大学卒業後も、一応ある程度のまとまった小遣いを不定期にだが渡してはいたんだ。それなのに、なぜそんな自分に合わないバイトを始めたのか。最初は不思議でならなかったが、葬儀の日に彼女の友人からホストの男性に恋をしてだいぶ注《つ》ぎ込んでいた、と聞いてね。きっとそんな事情だから経済的にひっ迫しても言い出せなかったんだな。その男性は葬儀にすら現れなかったがね」

　貢《みつ》がせるだけ貢がせていて、何の感情も持っていなかった、ということだろうか。今から殴りに行かせてもらえないものか。思わず拳《こぶし》を温めたくなった。

「もっと強引に事情を聞き出せば、そんな男はやめておけと諭して、不慣れなバイトをさせなくても済んだかもしれない。晴美さんを見ているとね、娘を思い出すんだ。生真《きま》面目《じめ》で、不器用な感じがしてね」

「そうだったんですね……」

自分の想像力の浅薄さを呪《のろ》った。しょせん、自分の想像したいように想像していただけ。恋愛に懲《こ》りてここにいるくせに、恋愛脳に囚《とら》われているのは、自分自身なんじゃないのか。

沼田さんは、晴美さんを早くに亡《な》くなった娘と重ねていただけだったのだ。

「もっと騙されてあげたかった……」

「え？」

「彼女、相当お金に困ってたと思うんだ。それで、ファンのふりをして僕に近づいてきた。わかっていたから、ここに誘い出して、何とか、どんな口実をつけてでもお金を渡してやろうと思ったんだ。手遅れにならないうちにって……でも、ダメだった。何がいけなかったんだろうな。僕はいつまで経《た》っても、やり方が下手くそで人を救うことができない」

沼田さんは頭を抱えた。

大人の世界は、いつだってわたしの理解できる理屈のほんの少し先にある。わたしはまだ半熟の柔らかい月を抱いて眠る子どもに過ぎないのだろう。だから、沼田さんに何と声をかけたらいいか、わからないのだ。

「いえ」と、そのとき真沙流は口を開いた。「晴美さんは、沼田さんの優しさに救われたからこそ、お金を返したんだと思います。人を騙さずに生きよう、沼田さんの優しさが、そう思わせたんですよ。あと、これは彼女からの伝言です。〈お世話になりました、またどこかで沼田さんの演技に出会えるのを楽しみにしています〉」

「演技に出会える……か。また、昔の事務所に頭を下げてみるかな。どこで彼女が観《み》ているかわからないものな」

「そうですよ。きっと彼女はこれからも沼田さんの活躍をチェックし続けるはずです。だからこそ、沼田さんもどうか晴美さんの門出を祝ってあげてください」

「そうであったらいいね。そう願ってみよう。二人の門出に」

沼田さんは目を閉じて何かに捧《ささ》げるようにグラスを掲げ、ひと息に葡萄液を飲み干した。

12

「沼田さんが晴美さんの接近目的に最初から気づいていたっていうのは驚きね。でも、もしそうじゃなくて、しかも食事に行ったのがちがう店だったら、もっと被害に遭ってたのかも」

沼田さんが帰り、店じまいの支度をしているときに、わたしはふと、そんな「もしも」を口にした。最悪を免れた安堵《あんど》感から出た言葉だった。

けれど、真沙流はこう返した。

「たとえ沼田さんが晴美さんの意図を知らず、この店を訪れていなかったとしても、たぶん途中で気づいたと思うよ」

「どうしてそう言えるの？」

「だって、沼田さんだって晴美さんと同い年くらいの娘さんがいた。ということは、一度子育てを経験している。ハンカチに蟬の抜け殻がついていたら、親になった経験のある人なら、気づいてしまうはずだよ」

「そっか……きっとあの時も、すぐにお子さんのだなって気づいてたんだね」

「おそらくね」

真沙流は片づけを終えると、ソファに腰を下ろした。わたしのほうも食器の洗剤を洗い流したらおしまいだ。

「沼田さんは何もかも気づいていたのよね。それなのに、気づかないふりをした……困ってる彼女の役に立てる口実さえできればよかったから。なんだかうらやましいな」

「うらやましい？」

「沼田さんは自分の子に注ぐような慈愛を、晴美さんに注いだんだよね。ほんの一時的だけど、それってきっと恋愛を超えてすごい財産になると思う。わたしは親に大してかわいがられた記憶がないせいかもしれないけど」

「君の親の話、そういえば聞いたことがなかったな。でも君のご両親だって、愛情をうまく伝えられなかっただけかもしれないよ？　愛情があることと、それを伝えることってまったく別種のことだからね」

「……まあ、うちの親のことはいいよ」

人に話すことで何かが失われたり、何かが決定的になったりする。言葉はおそろしい。わたしが親をあしざまに言う。それはたぶん本当にそのとおりで。けれど、他人に話したとたんに、個人的体験に社会的な意味がつけられて、それが正解になる。もちろん正解でかまわない。かまわないけれど……というところで足踏みをする自分がいる。

「でも一つだけ今回すっきりしたことがある。母がわたしによく自家製のまずいチーズを出してたの。ある意味、わたしがチーズ嫌いになったきっかけがそれなんだけど、たぶん母は蘇を作ろうとしてたんだよね。ネットで作り方を知って栄養があるとかそういう点から出してきたんだけど……和食のときに決まって出てくる激マズの一品だった。まあ蘇だとわかったところで、まずいものを食べた記憶は消えないけどね」

「ふうん、そうなんだね。今日の蘇は、どうだった？」

「美味しかった……だから、なんていうか、上書き保存とまではいかないけど、よかったよ」

「君のふさぎの種が一つでも消えたのなら、僕もうれしいよ。うまく言葉にできないものほど、心の中に溜まって気持ちを重たくしていってしまうんだよね」

その言葉は、どこか実体験に基づいているように思えた。

真沙流は過去に何かあったのかな。

「よし、帰る。また明日ね」と真沙流がソファからゆっくり立ち上がる。せっかくこっちは食器を洗い終えたところでこれからゆっくりするのに、なんだ、もう帰るのか。

今日は少しばかり人と話していたい気分なのに。仕方ない、サバゲーでもやって、いちげんさんを撃ち殺してすっきりするか。

「今日は早いのね。薫さんがこれから来るかもしれないよ？」

「毎晩会わなくたっていいさ。恋人同士じゃないんだから」

「え、ちがうの？」

「……何だと思ってたんだ？」

「いえいえ」

ＢＬ脳で二人のやりとりを愉《たの》しんでいたなんてことはもちろん内緒だ。

「ヘンなの。じゃあね、お疲れ様」

「うん、お疲れ」

真沙流が引き上げていくと、急にこの店は静かになる。二人から一人になるのだから当たり前だけど。まだ慣れない。シャッターを閉めて休もうとしていると、ある意味ではありがたいことに、薫さんが現れた。今夜の静寂は、耳によくなさそうだから。

「真沙流なら帰りましたよ」

相変わらずの燕尾《えんび》服《ふく》、オールバックの貴公子はゆっくり店内を見回してから、どうしたものか、といったふうに立ち止まった。

「なんだ、いいワイン持ってきたのにな」

けれど、薫さんはわたしの顔をみて、何かいたずらを仕掛けるような顔になる。

「真沙流の過去、気になるんだろ？」

「な、何ですか、藪《やぶ》から棒に」

「こないだから、真沙流の過去を気にしているの、知ってるよ」

「べつにそんなんじゃ……」

否定しているのに、彼は懐《ふところ》から週刊誌の記事のコピーをみせた。

「妄想が膨らんでもアレだから、真沙流のためにも、君に真実を伝えておいたほうがいいと思ってね」

わたしはその記事を手にして読み、えっと詰まった。

思いがけない文字がそこに踊っていたからだ。

「セクハラ疑惑渦中《かちゅう》の発酵学准《じゅん》教授辞表提出後、失踪《しっそう》」の見出し。

真沙流が職を辞したことを報じる二年前の記事だった。

「調べる気になれば簡単に出てくる記事だ。だから、勝手に調べてこの記事に出会うより、先に見せたほうがいいと思ってね」

「ほんとうなんですか……これ？」

「ほら、顔写真も出てる」

そこに映っているのは、今とはちがって眼鏡をかけておらず、前髪をきりっと横分けでまとめた教授っぽい真沙流の顔だった。

第4話

消える花

1

九月は、いつだって水色の風とともにさり気なく始まる。ちょっと前まで一歩外に出れば、蟬《せみ》の合唱と、朧の坂の蜃気楼《しんきろう》が激しく、坂にはもはや起き上がる気力すらなさそうな猫たちの姿が散見されていたのが、今はようやく静寂と風を纏《まと》い、景色にも涼しげな躍動感が漂っている。そして、わたしは、ひたすら梨《なし》が食べたくなる。

世界は確実に服を脱ぎ変え、次の世界へと歩を進めているのに、わたしときたら、この日の午前中も、エアコンのきいた厨房《ちゅうぼう》のソファベッドで梨をかじりつつ、だらだらごろごろとしていた。瞼《まぶた》がひどく重かった。やけに生あくびは出るし、気が塞《ふさ》いでいる。

「なんだかなぁ……」

昔から、お腹《なか》が痛くなる前に、お腹が痛くなりそうだな、という予感が走る。そうなると、早くも体は身構え、そわそわし、猫背になり、肩は妙に力が入っていたりする。

それと同じ原理で、幹夫と付き合うようになってから、幹夫が帰ってくる前になると、そろそろ幹夫が帰ってきそうだ、という予感で緊張が走るようになった。外から帰ってくる幹夫が上機嫌であるように。いつもそう願いながら、猫背でどこか一点を凝視していた。

でも考えてみれば、それは親との暮らしでも一緒だったかも知れない。わたしはつねに母の監視の目を気にしながら生きてきた。母は気分屋で、わたしの欲求は退けるためにのみ存在していると思っていた。わたしは彼女の顔色を窺《うかが》いながら、買ってほしいものを申請し、そのための交換条件を用意しなければならなかった。それも、大抵は門前払いを喰らった。キャラクターの絵の入ったハンカチ一枚、満足に手にすることはできなかった。いつでも母が与える機能的な物に囲まれ、それを自分の趣味として生きねばならなかった。

それでも、暴力をふるわれる幹夫との暮らしに比べれば、マシではあったのか。まあ、戻りたいとはつゆほども思わないのではあるけれど。

ええと——なんでこんなことを言い出したか？

先週から、ずっと幹夫の現れる気配を感じているのだ。

なんだおまえは第六感でもあるのか、と言われるかもしれないが、こと幹夫の出現に関しては、ちょっとはそれもあるんじゃないか、という気がしている。もちろん、もっとこの感覚を分析することも可能だろう。

たとえば、無自覚だけれど街を散策したときなんかに、幹夫を彷彿《ほうふつ》とさせる何かが、視界の片隅に入っていた、とか。あるいはそれは匂《にお》いや音かもしれない。とにかく、あの頃の生活の中にあった何か――。

生活とはさまざまな情報が絡《から》み合って生成されている。だから、その情報のどれかの類似品がわたしの今の風景に紛れ込んでいれば、それをもとに「幹夫注意」の危険信号が脳内に出たとしても、不思議ではない。

そして、つい昨日、赤城下町にある行きつけの珈琲《コーヒー》店〈レッドシャトー〉に行ってメロンソーダを飲んでいたら、店長にこう言われた。

「美藻ちゃんて彼氏さんとかいる？」

「え、いません。どうしてですか？」

「いや、なんか、美藻ちゃんによく似た画像を見せて、この子見ませんかって尋ねてきたお客さんがいてね。彼女に逃げられたとかで……でも、見間違いかな。角度とかもあるもんね」

「……そーですよ、わたしに彼氏なんて。あははは」

いま考えれば、かなり笑顔が引きつっていたのではないか、と思う。足はスマホのバイブなみに震えていた。

もちろん、それが幹夫だと決まった話でもないだろうけれど、すぐに思い出したのは、例の妙な位置情報共有サービスアプリだった。

アプリはとっくに削除しているが、それでも神楽坂界隈《かいわい》にいるというヒントは与えてしまった可能性は否《いな》めない。それほど精密な位置情報を示せないアプリであったとしても、あの界隈というヒントはじゅうぶん与えてくれるはずだ。

でも、いずれにせよ決定的な居場所まではつかめていないはず。神楽坂は細い道が入り組んでいるし、何より、居場所がバレていれば、とっくに訪ねてきているはず。もうアプリは削除した。たとえこの周辺を探しているにせよ、遭遇する確率は低い。大丈夫。

大丈夫。

これだけでも大変な心労だけれど、じつは眠れない理由はそればかりではない。

先日薫さんに見せられた記事のこともある。

「あれもねぇ……なんであんなもの見せるのよまったく……」

あの記事、どう解釈すればいいんだろう？

――このことを真沙流は語りたがらない。『生まれ変わりたい』と言うばかりでね。

だから俺がこの土地で店を始めたらどうだ、と言ってやったんだ。マドモアゼル美藻、とにかく、過去より今を見てやってくれたまえ。

薫さんはそう言っていた。だけど、情報というのはなかなか人の心を左右する。とくに「セクハラ」の四文字は強烈だ。いくら今を見ろと言われても、セクハラ疑惑があったとなると、今を見る目が妙なサングラスをかけてしまう。

「なんか、目の下、くまできてるよ？」

いきなり、視界が暗くなった。厨房のソファで寝そべって目を瞑《つぶ》っている間に、真沙流が出勤してきて目の前に立っていた。

「……できてない。気のせいだよ」

「そうかな……」

顔を覗《のぞ》き込まれ、とっさにわたしは顔を背けてしまった。

「あ、もっと顔離して。セクハラだよ、それ」

思いがけない強い言い方をしてしまったのは、反射的な防衛本能でもあり、ちょっとしたテストを仕掛ける心理もあったのかも知れない。

真沙流はウッと固まったようだった。狼狽《うろた》えたように見えるのは、過去の記事にあった出来事を思い出したからだろうか？

あの記事は本当のこと？　それとも、何か事情があったの？

薫さんはセクハラ疑惑の真偽には一切何も言わなかった。俺は知らない、と。

——本当に知りたければ、本人に聞くしかないね。でも本人が否定したら君は信じられるのか？　人間ってそんな単純なもんでもないだろう？

ワインソムリエの言うことにはいちいちもっともなところがあって、わたしはだからそれ以上は何も尋ねなかった。

「ごめん……失礼なこと言っちゃったね」

「べつに失礼ってことは……」

「罪滅ぼしに、一回、対戦しよう」

真沙流はスマホをかざして見せる。

「うむ」

わたしもスマホを取り出した。

2

最近では儀式となりつつある〈ＧＯＧＯアーミー〉の対戦部屋に入る。短期決戦のアルク街区の壁に隠れながら移動する。このどこかに真沙流が隠れている。お、今日は珍しく足音がしない。ちょっとは学んだみたいね。

わたしは手早くライフルと銃弾を手に入れてから、手近に落ちていたドラッグの瓶を拾って投げた。すると、真沙流がその瓶めがけて銃を連射した。真沙流ってば本当に単純。その銃声の方角から真沙流のいるおよその位置がわかった。

すぐにわたしは建物の中に入り込んで窓からそっと覗いた。ふふ、いたいた。真沙流のアバターは真っ白い宇宙服のようなものを着ている。本人には伝えたことがないが、これも真沙流が簡単に毎度仕留められやすい理由でもある。迷彩服が好まれるのは草木に紛れられるからだ。真っ白のコスはデザイン性は買うけれど、サバゲーでは身の危険を高めるだけだ。

　真沙流、本日もさよなら。

「オツでーす」

　発射。真沙流のアバターが、血を吹いて倒れた。

「うっ……ぐはっ……」

「マジ弱すぎなんですが。毎度仕事始まる前に殺されてよくテンション下がらないよね」

「なぜだ……うう、今日こそ勝てると思ったのに」

「なぜよ。根拠は？　一度も勝ててないじゃん」

「ぐううう……そろそろ店を開けなくちゃ」

　なぜだかサバゲーの真沙流には、ゲストの悩みを解きほぐすときの明晰《めいせき》さがまったく活《い》かされていない。これはたぶん本人もなぜなのかわからないだろう。わたしはわかる。真沙流の明晰さは、おもてなしの精神と結びついているのだ。客のことを親身に考えればこそ、初めて頭脳明晰になる。だから、サバゲーではそれが活かされない。

「しょーじき、真沙流ってｂｏｔより弱いよね」

「うう、言うな、言うな……それより、本当に眠れてないわけじゃない？」

「……ちがうよ」

「ならいいけど。君がなんでここに居座ってくれてるのか、僕は事情をよく知らない。でも、人がある場所に留まるのには、何か事情があると思う。僕としては、どんな事情であれ、ここにいる間は、快適に過ごしてほしいんだ。だから、もし快適じゃない理由があるなら、いつでも何でも話してほしい」

「何でも？」

「そう。何でも」

「サバゲーに強い人の家に住みたかった、とかでも？」

「それはね……鍛えるからもうちょっと待って」

「冗談だよ」

とはいえ、言えるわけないよ。元カレのことも、真沙流の過去についても。

「なんか、今日は磯《いそ》の香りがする。あ、あのスープの鍋かな……」

「トマトベースのスープに、コノシロやタラといった白身魚を漉《こ》して煮立たせているんだ」

「実験？」

「以前、チーズスープを飲みたがっている客がいたって言っていたろ？　あれの試作品一号が、今日完成するんだ」

「そりゃ楽しみ。でも、まったくチーズの風味はないけど、いいの？」

「ふふ、それはね。あいつを使うんだよ」

真沙流はそう言って、厨房の一番奥にある台にどでんと載っている器具を指で示した。円形の土台の真ん中に一本の金属棒が立っている。中世の拷問具《ごうもんぐ》、ではないだろうけれど、いったいどう使うのかよくわからない。

首を傾《かし》げていたら、店の電話が鳴った。わたしより早く真沙流がすぐに電話に出る。

「はい、チーズ料理専門店〈マージュ〉です。ああ、〈フォルマッジョ〉の……あ、あれが入荷したんですね。え、届けてる最中に道に迷った？　いまどこに？　わかりました。え……なるほど……」

どういう話になっているのだろう？　わたしがちらっとそっちを見ると、真沙流と目が合った。真沙流はなぜかすぐにわたしから視線を逸《そ》らした。

「わかりました。それじゃあすぐに向かわせます。少々お待ちくださいね……」

電話を切った後、真沙流はなぜかやけにそわそわし始めた。

「ちょっと荷物の受け取りに行ってくる」

ん？　と思った。だっていま「向かわせます」って言ってませんでした？　わたしのことじゃないの？

　真沙流の背中を見送りながら、やっぱりさっきセクハラって言ったのはまずかったかなぁ、なんて思った。わたしに変に遠慮しているのかも知れない。

「〈フォルマッジョ〉さんでしょ？　一時間後に開店だよ？　わたしが……」

　仕込みの時間もあるし、買い出しは通常、わたしの役目だ。

「いや、自分で確かめないと」

「ああ……なるほど。行ってら」

　そうかそうか。やっと得心がいった。美紗子さんに会いたくてわたしに迎えに来るように言われたのに、自分で行くことにしたのだろう。存外これは両想《りょうおも》いの可能性があるな。

「行ってき」

　短いデート楽しんできてね、の気持ちを込めて手を振る。

　真沙流は勝手口から出て行った。乾いた風が、ふわりと入り込んでくる。その中、すでに来るべき次の季節の気配が滲《にじ》んでいる。厨房は静かになった。音らしい音といえば、わたしが梨を口に運ぶときのシャリっという音くらい。

　カランカラン。

　え？　来客を告げるドアの鈴の音が鳴ったのは、真沙流が出て行ったわずか数秒後のことだった。時計をみる。まだ十一時を過ぎたばかり。しまった、鍵《かぎ》をかけておくんだった。

大慌《おおあわ》てでエプロンをつけて厨房を抜けて店のカウンターに向かった。

「申し訳ありません、開店は十一時五十分からとなっていまして……」

そこに立っていたのは、色素の薄いさらさらとした髪を七三に分けた細面の男性だった。フチなしの色付き眼鏡がインテリっぽさをアクセントとして付加している。何なら、スーツの胸ポケットには懐中時計も潜ませているのではないか。

初めてみる客。いちげんさんか。

彼はわたしの言葉など聞いていないのか、店内にずかずかと入ってきた。そして、不動産屋みたいに店内を眺めまわしてから、胸ポケットから何かを取り出した。懐中時計だった。イメージどおりすぎて興奮してしまう。彼は時間を確認してすぐに懐中時計をしまった。

そうして、チェロのような声で尋ねた。

「店主は？」

3

「店主はいま外出しておりまして……。開店時間までには戻ると思うのですが……」

ふん、と面白くなさそうに言いながら、彼はほっそりした指でカウンターテーブルをとんとんと叩《たた》いた。青い石の指輪が、薬指に光ってみえた。

「まあいい。今日は珈琲を飲みに来ただけだからな。珈琲はお嬢ちゃんに出してもらえるのかな？」

「お嬢ちゃん……」

「坊やには見えないが？」

坊やに見えた人も、そういえばいた。

「あ、ええ。いえ、おっしゃるとおりですが……まだ開店前ですので……」

「聞こえなかったのかね？　店主の代わりに君が珈琲を淹《い》れるんだ。どうせ、彼が戻ってきたら、彼に淹れてもらうだけだ。そんなに時間が重要かね？」

重要だよ、と思ったけれど、いいかげん面倒くさくなった。

「少々お待ちください」

ひとまず珈琲の準備にとりかかる。苦手な相手だが、これも客商売。仕方ない。

我が〈マージュ〉の珈琲はサイフォン式。その味はどこまでも深く、コルカ渓谷よりも深い。かく言うわたしも、最初はチーズではなくてその珈琲の味に惹《ひ》かれたくらいだ。

サイフォン式の淹れ方だけは、この四カ月あまりでマスターした。とはいえ、いまだに手際《てぎわ》がいいとは言えない。まずはフラスコをビームヒーターにかける。これ自体は薬《や》缶《かん》を火にかけるようなもので特別なことではない。その後、挽《ひ》きたてのアラビカ種マンデリンの粉を入れたロートをフラスコにセットすると、すぐにお湯がロートに上昇してくる。この時、珈琲の粉が興奮気味に上に浮かび上がってくるので、それを均等に木べらなどで均《なら》していく。珈琲の粉だって呼吸をしているのだ、というのが真沙流の教えだった。彼らに言い聞かせるようにして丁寧に沈めていくことで一回目の攪拌《かくはん》が終わる。

この手順を、火を止めた状態でもう一度繰り返して完成となる。

なんとか自分史上最速で仕上げて珈琲カップに注ぎ入れ、インテリ眼鏡の前に出した。

「ふむ。気取った味だな」

一口、舐《な》める程度に飲んだだけで、男はそう評した。

「お褒めいただきありがとうございます」

営業スマイルで乗り切るしかない。それに今のは嫌味なのか機知の範疇《はんちゅう》なのか難しいところだ。

「どうせ客もいなくて暇だろう」

「そんなことはないですが……」

そもそも開店前なんだからいるわけないだろうに。

「面白い話をしてやる。身の上話さ」

あまり聞きたくなかったが、そんなことはたぶん関係ないだろうというのは、男の雰囲気から理解できた。こういう人は、すべて自分の間で進めていく。それが相手にとっても心地いいはずだという確信をもっている。

「身の上話、ですか。お客様の？」

フチなし色付き眼鏡＆懐中時計男の身の上話というのは、ちょっと興味がなくもない。できればギャップを狙った惨《みじ》めな話だったりしたら、多少はキュン度も上がって暇つぶしにはなるかも知れない。

「私は大学の発酵学研究室に属している准《じゅん》教授でね。ニホンコウジカビの研究ではかなり有名な存在でもある。ああ、ニホンコウジカビというのは、日本酒や味噌《みそ》に使われる麹菌《こうじきん》のことで、常日頃から君たちの体内でも活躍している」

発酵学……その言葉を最近どこかで見聞きした気がした。そう考えて、すぐにあの記事にたどり着いた。そう、薫さんが見せてくれた、真沙流の前職についての記事。つまり、この人は真沙流と同じ専門分野の研究者ということになる。

「三十代で准教授というのは、自分でいうのも何だが、まあまあ順調なほうだ」

自画自賛。自己評価高めなタイプか。

「どこぞの美学を扱った小説の探偵は二十代で教授というふざけた設定だが、現実ではまあそんなことはあり得ん。つまり、私は学術の世界ではエリートだった。しかしね、そんな私にも転機が訪れた。運命の女性と出会ってしまったんだ。一歳年上の、奔放な海のような女でね、徹底的にリアリストなのに、貪欲《どんよく》で豪胆。子供のように純粋なのに、不意に妖艶《ようえん》な顔を覗かせる。私はそんな魅力の虜《とりこ》になってしまった」

　脳内にはジュディ・オングの名曲が流れ出していた。両手を広げる振り付けをテレビで観《み》たのは一回かその程度のはずだが、妙にくっきり脳にこびりついている。

「それは、おめでとうございます」

「プロポーズはあっさり受け入れられた。彼女にとっても私との結婚は望むところだったわけだ。ところが――妻は魅力的すぎて、二年前、結婚式直後というタイミングで同僚のセクハラ被害に遭った」

「え……セクハラ……ですか……」

　発酵学、セクハラ、二つの言葉が、そんな偶然にも登場するとも思えない。わたしはいよいよこの話を注意深く聞く必要に駆られた。

「妻はアオカビ応用学の研究者でね」

「アオカビ応用学……そんなものがあるのですか」

「これは彼女が始めた独自の研究で、ブルーチーズみたいなものに使うアオカビと日本の食品の関係を研究しながら、未来の新たな食材を生み出す開発研究みたいなものだね。そして、私の同僚でチーズ発酵学を研究していた男は、研究分野がかぶるということもあって、妻を先輩として慕い、研究者として尊敬していた。私へも同僚という以前に、才能に敬意を払ってくれていた……はずがあんなことに……。それも我々が彼の家を訪れ、私がちょっと買い出しに出た隙《すき》に……信頼していた同僚なのに、と私は失望し激怒した」

もう疑いようはなかった。この男性の話の中に登場する〈チーズ発酵学を研究していた同僚〉は紛れもなく風野真沙流その人だろう。

男は准教授。真沙流もどこかの大学で准教授をしていた。しかも、この男はこうして真沙流の店にやってきており、先ほどは〈店主は？〉と尋ねたのだ。

「ところが、だ、話はそれで終わりではないんだ。ある意味、もっと許しがたい展開が、最近になってあった」

「え……もっと、許しがたい……ですか？」

セクハラ以上、ということか。思わず息をのむ。真実の確証がないただの情報とはいえ、真沙流についてこれ以上の衝撃的な話を聞かされるのか、と思うと、胃袋をつかまれるような気持になった。

4

「先日、引っ越しの梱包《こんぽう》をしていたときのことさ」

男は珈琲を飲みながら、禁断の扉をゆっくり開くように、言葉を選びながら続けた。

「妻が処分していいと言った荷物の中から、妻の二年前の日記が出てきた。そのまま始末してもよかったが、大事な日記を誤って捨てているのなら損失だ。彼女は朝から出かけており、ゴミ収集車は間もなくやってくる。仕方なく中身を確かめた」

こんな白昼堂々、恥じらいもなく何を告白しているんだ、この人は。

「え、見たんですか、日記を……？」

「何か問題かね？　私の妻になった女の日記だ。好きにしていいだろう」

「だいぶ異議がありますが、続きをお願いします。そこに何か書かれていたのですか？」

「九月三日――つまり二年前の今日だな――に、奇妙な記述があった。〈あなたが今日くれた花は墓場まで〉。日記なのに、〈あなた〉と出てくるのはおかしな話だ」

そこで彼は眼鏡を外して拭《ふ》いた。眼鏡を外すと、思っていたよりも切れ長できれいな目をしていた。その中に、わずかな寂しさが見え隠れする。最初に思っていたほど、心の強い人物でもなさそうだ。

「そうでしょうか。独白だけれど、呼びかけでもある。そういうことはあると思います。お客様のことではないんですか？」

「私は彼女に花などあげた覚えはない。そんな無意味で無価値な行為をする存在ではないのだ」

「では、べつの誰かっていうことですか」

「そういうことになる。おそらく同僚だろう。九月三日というのは、彼の家に招かれた日だ」

　セクハラ疑惑から一転、不倫疑惑に変わった。イメージ的には上がったのか下がったのかよくわからない。どっちもろくなもんじゃない、という気がするし、どっちも真沙流のイメージと水と油すぎて、真実ならしんどい話だ。

「私は苦悩した。というか、苦悩している。いまこの瞬間も。あれはセクハラではなかったのか。二人は不倫の関係にあったのか。私は騙《だま》されていたのか」

　そうか、わたしにとっては「どっちもひどい話」だが、この人にとってはそれでは済まない。不倫なら、痴情のもつれの末に「セクハラをされた」と夫を騙した妻主体の話になる。それは、夫婦としては完全な裏切り行為といえるだろう。

「嫉妬《しっと》深い私は、部屋中の花を捨てて回ろうとした。どうやってかはわからないが、同僚は花を贈り、妻はその花を墓場まで持って行こうとしている。そんなことは絶対に許さない」

「固い意志ですね」

「当然だ。彼女に誰と結婚しているのかをきちんと理解させる必要があった」

たとえ不倫をしていたとして、花を捨てたら、それで終わるものだろうか。

わたしにはそこのところはよくわからなかった。でも、この人の気持ちも少しはわかる。

「彼女がすでに梱包してしまった荷物を解き直して花という花を探した。念のため本や化粧ポーチ、アクセサリ入れも探した。ドライフラワーや押し花にして入れてある可能性もあるからね。文字通り、鼠《ねずみ》一匹隠れる隙もないくらい隈《くま》なく探した。だが、そんな花はなかった」

「ポエムだったのではないですか？　日記にポエムを書く自由くらいあります」

というか、そもそも日記に何を書いたっていいはずだ。それを覗き見る者の存在なんて、本当は考える必要ないんだから。

「彼女は非常に現実的な女でね、私は彼女のそういう非文学的な側面に惹かれて結婚したようなところがある。料理はこんなものを作ったとか誰それと会ったとか、どこのデパートで何を買っただとか、そういう記述がほとんどなんだ。あとはアオカビの記録が異様に多い」

「舐めるように日記読んでるじゃないですか」

　ゴミ収集車が来る前にチェックしたなんてレベルではなさそうだ。

「書を読むというのは、本来そういう厳密な行為なのだよ」

「書じゃなくて日記ですよ」

「『アンネの日記』は書物でもある」

「屁《へ》理屈に思えますが……」

「手書きであれ何であれ、そこに書物としてのフォルムを保っている以上、私にとってそれは書物だ。書物は読まれるためにある。それはニホンコウジカビが味噌や日本酒に活用されるためにあるというのとほとんど同じことだ」

　うん、やっぱり屁理屈だ。ただ嫉妬心に駆られて妻の日記を盗み読みをしただけのことを、ここまで屁理屈で正当化しようとするのも、ある意味では特殊な才能なのかもしれない。

「まあいいです、とにかく、奥さんは現実的な方で、ポエムの可能性はない、と」

「そのとおりだ。そして、部屋にはただの一輪も花なんぞなかった」

　わたしは心の中で要点をまとめる。男の妻は日記に〈あなたが今日くれた花は墓場まで〉と書いた。書いた日には同僚の家を二人で訪れている以外に思い当たる節はない。

だから〈あなた〉は同僚であるはずだが、墓場まで持っていこうとしていたはずの〈花〉は現在存在しない。存在しない〈花〉をどう墓場に持っていけるのか？　それがこの男が抱いている疑問だろう。

「その時は日記にそう書いたけれど、二年の間に気持ちが変わったのでは？」

「そんな簡単な女じゃない」

不倫をしていたのなら、そうとも言えないのでは、と言いたかったがそれは堪《こら》えた。この人の中では相反する二つの感情がせめぎ合っている。妻がしたかもしれぬ不貞行為への怒りと、どこかでは妻はそんなことはしない女だと信じたい気持ち。

「その日に見た花を忘れない、という意味なんじゃないですか？　実際に花は持っていないけれど、心に焼き付ける、的な」

もしも夫に内緒の恋をしていて、何か一日だけ特別な出来事があれば、それをいつまでも記憶していようということにもなるかもしれない。

「私もその可能性は考えた。だが、日記の記録のある九月三日、私は彼女と朝から晩まで一緒にいたんだ。朝目覚めて、昼間に大学で雑務をこなし、夜に同僚宅へ招かれて食事をして帰って眠りにつくまで、その日は珍しく朝から晩まで彼女と行動を共にしていた。だから、怪しいとすれば同僚くらいだ。ただし、残念ながら、彼のところでそんな花は見ていないし、私の目を盗んで花を見せる隙はなかったはず」

「まったく席を外していないんですか？」

「いや、さっき少し触れたが、妻がセクハラをされたと主張した、私が買い出しに出た数分間なら。同僚が用意したワインではなくポートワインが飲みたいと妻が言うので、仕方なく彼のマンションの隣にあった酒屋に走ったんだ。しかし、それだって五分程度だ。セクハラなら時間は必要ないが、秘めた恋の花を用意して消すのには短いのではないか？」

たしかに、偶然に生まれた五分の間に、花を見せて消すというメモリアルな芸当ができたとは考えにくい。

「妻は私を騙していたのか、それともすべては私の被害妄想なのか？　後者であってくれればいいが、嫉妬深い私の心は前者の可能性を考え、当時の二人の関係性をグロテスクなまでに詳細に想像しはじめて全身がむずがゆくなるような感覚が止まらない……。どうしたらいいのかね？」

「ど……どうしたらいいのでしょうね……」

男は深いため息をつくと、立ち上がった。

「近いうち、また必ず来る。店主によろしく伝えてくれ」

そう言ったとき、彼の目は果し合いをする前のガンマンのような、ある種の情念の炎を宿していた。

5

インテリ眼鏡が帰った後、わたしはしばらく彼がした奇妙な話を思い返していた。嫉妬深い男の語る執念の追跡と、それでも未解決のままの「消えた花」。奥さんは、一体だれから、どんな花を受け取ったのだろう？　そもそもあの男、なんであんな話をわたし相手に始めたりしたのか。

世の中、いろんな人間が余計な謎《なぞ》をわたしに預けて去っていく傾向にある。

「ただいー」

真沙流が何やらご機嫌で戻ってきた。出先でダチョウの背中にでも乗せてもらえたのか。「ただいー」なんてよほどご機嫌でなかったらしない挨拶《あいさつ》だ。

「おかえー」

「いいチーズが手に入ったよ」

でしょうね。上機嫌の理由がわかりやすすぎる。

「おーそれはようござんした。あ、帰ってきて早々わるいんだけど、ちょっとクイズ」

「なに、いきなり……」

「問題です。煙みたいに、跡形もなく消える花なんて、この世にあると思う？」

「消える花？」

「そう。じつはね——さっき変な客が来てさ。あ、店主はいるかって聞いてたけど」

さりげなくそう言って表情を窺う。

「……え、誰？」

動揺あり、か。だが、まだわからない。

「聞き忘れた。なんか、気取った感じの人。准教授、とか言ってたかな。心当たりは？」

真沙流はその問いには答えなかった。聞いていなかったのか、あえて答えなかったのか。

気を取り直して、わたしは例のインテリ眼鏡がしてくれた話をかいつまんでした。

真沙流はじっと一点を見つめて何事か考え込むような表情になった。まるで肉眼では捉《とら》えられないミクロな領域を追求しているみたいだ。きっとわたしには理解できないような地殻変動が、彼の脳内イメージの中でバチバチと起こっているんじゃないだろうか。

やがて、ひとりごとのように真沙流は言った。

「咲いていた花が、椿《つばき》だったら、ぼとりと落ちて花の部分が消えたりするよね」

「ああ、なるほど。椿ね」

椿の花は、満開になった後、ぼとりと首のところから落ちる。その豪快な美しさについては、わたしも実家の庭で何度か目撃したことがある。

「でも、その人はドライフラワーや押し花まで探したって。仮に椿の花だったとしたら、日記に書き留めるくらいなんだから、落ちた花を後生大事に持ってるものなんじゃない？」

「じゃあもっと曖昧《あいまい》な話でいいんじゃないかな。奥さんは、何かの花を見た時の光景を目に焼き付け、墓場まで持って行こう、と考える」

「同じことをわたしも考えた。でも違うんだって。その日は朝から晩まで奥さんと行動を共にしていたから、彼女が誰かに花を見せられるような隙はなかったんだって。まあそう言いつつ、奥さんの後輩にあたる同僚を疑ってはいるみたいだったけど」

　真沙流は寝癖のついた頭をぽりぽりと掻《か》いたきりしばらく黙った。そして、そのまま大急ぎで支度を始めた。開店時間は、もうすぐそこに迫っている。

　まずはランチの人気メニュー〈子羊のステーキとラクレットのランチ〉の用意。今朝、直送便で届けられたばかりのフランスのシストロン産最上級子羊のステーキ肉に胡椒《こしょう》とローズマリーを擦り込んでいく。フライパンにはオリーヴオイルをたっぷり入れ、スライスした大蒜《にんにく》を香りづけで炒《いた》める。

　それと並行して、火をつけっぱなしにしておいた三種類のスープの味をそれぞれ最終確認する。どのスープもそれぞれ個性的な匂いを発しながらぐつぐつと煮立っている。

とりわけ今日いちばん主張がつよいのは例の試作品だろうか。あれは出番があるのかないのか。

またべつのコンロでは、程よいサイズにカットされた野菜たちが無水鍋《なべ》のサウナに入っている。これだけの温野菜が用意してあればフォンデュの注文が大量にきても対応できる。

開店前のこの店内は、いつも野菜の匂いで充満しているのだが、それがひとたびチーズの表皮を炙《あぶ》り始めると、途端にチーズ独特の臭気がその場を支配する。

ほどなく、カランカラン、と音がして、一気に客たちがぞろぞろと入ってきた。いつまでも名無しのインテリ眼鏡が残していった謎について考えているわけにもいかない。

わたしはカウンターへ向かうべく厨房のドアを開いた。だが、そのとき真沙流がぼそりと言うのが、後ろ耳で聞こえた。

「花は存在しない」

対応に向かわねば、と思っていたのに、思わず足を止めてしまった。

「いらっしゃいませー！」一声かけてから身体《からだ》を厨房に戻す。「……花は存在しない？どういうこと？」

「奥さんは〈あなたが今日くれた花は墓場まで〉と日記に書いた。けれど、実際にはその日どこにも花の受け渡しがされるような隙はなかった、とその人は言う。だったら、そんな花は存在しないのさ。奥さんの妄想だろう」

その言い方はなぜか少しぶっきらぼうだった。いつもの真沙流の穏やかさはなく、腐敗した素材を生ごみに捨てる時のような非情さが、そこに見え隠れしていた。

わたしはお客に水を出しながら考える。真実はどこにあるの？

あのインテリ眼鏡が真沙流と知り合いなのはたぶん間違いない。彼はわたしが間接的にこの話を真沙流に伝えることを見込んで、わたしに話したのに違いなかった。だとしたら、あの話は――どんな意味をもつのだろう？

6

長い黒髪をハーフアップにまとめた女性が来店してきたのは、その昼の終わりのことだった。入ってきた瞬間、既視感を感じた。ああ、この人、以前にも一度来店している。前に来た時は、たしか夜会巻きにしていたっけ？

特別なメモリに保存されているのは、その人がへんな注文をしたからだった。チーズのスープはないのか、と言ってきたのだ。それで、メニューにないので作れないと話すと、出て行ってしまったあの客だった。あの話をして以来、真沙流はチーズスープのメニューの追加を検討している。

　時計をみると、一時二十五分。ラストオーダーぎりぎりの時間だ。追い返すわけにもいかない。それに今回も厄介なことを言うとはかぎらない。チーズスープのことは諦《あきら》めて、ただ食事を楽しみに来たのかもしれない。

　わたしが水を用意していると、厨房のスイングドアから真沙流が顔を覗かせた。

「もう今日は終わりかな？」

「まだお客様が一名……」

　わたしが作業場からカウンターの隅を示すと、真沙流はすぐに目をそらした。例の女性恐怖症が発動されたのだろうか。

　真沙流が厨房に引き返そうとしたその時だった。

　その女性は真沙流に向かってはっきりした声で言ったのだった。

「例のスープをお願い」

　例のスープ、とは何だろう？　以前に言っていたチーズスープのこと？　あれなら前回断ったはず。それに、あの場には真沙流はいなかった。真沙流に向かって〈例の〉ということは、真沙流にはその内容がわかっているということ？

　少なくとも、この女性自身はそう確信して言っているのだろう。

　もしかしてこの人、かつての常連だった？

　真沙流は「かしこまりました」と温度の低い声で言うと、厨房に引き下がった。見てはいけない光景を見てしまった気がした。建ったばかりの友人の新築に招かれて罅《ひび》を見つけてしまった時のような気まずさが漂っていた。

「ここの仕事は楽しいの？」

思いがけない問いかけ。どうやら、わたしに向けられた質問らしかった。どことなくヒステリックな言い方だった。少なくとも、余裕が感じられなかった。

「……ええ、はい」

「そうでしょうね。あのシェフとはどういう関係なの？」

どういう関係？　家主と間借り人というべきか？　いやそんな立ち入ったことを話す必要はない。もっと表面的なことを応《こた》えればいいのか。というか、そもそもなんでそんなことを尋ねられねばならないの？

「……雇われ店員ですが」

ややムッとして答えてしまったのは、遅まきながら女の意図に気づいたからだ。

「そう、それならよかったわ」

なに安堵《あんど》してるんだこの人。そもそも、一介の客が真沙流とわたしの関係を聞いてくるというのは少々行き過ぎた行為ではないか。やはりこの女性はただの客ではない。真沙流との間に何かあるのだ。

何か――。何があるのよ？

「お待たせしました」

やがて、ゆっくりとした足取りで、真沙流が厨房から現れた。その顔は湯気で見えない。熱いスープの入った容器を手にもっているのだ。あの白身魚をすりつぶしたトマトベースのスープだ、と匂いですぐにわかった。

「本日の特別スープ、チュッピンです。これが、例の、スープです。どうぞ、お召し上がりください」

カウンター席にスープを置いた真沙流の目は、ひどくがらんとしていた。客に対するという以前に、何のぬくもりも感じさせない冷たい目。真沙流が人に対してこれほど冷淡な目をできることにわたしは驚いていた。

女性客はその目に一瞬ひるみつつも、スープを一口すすった。その皿に添えられた左手の指に、青く光るものを見つけた。

彼女は顔を上げた。その顔には、かすかな落胆の色が浮かんでいた。

「それがあなたの答えね？」

「……左様でございます」

真沙流は相変わらず表情のない目で相手を見返したまま答えた。

すると――。

ぴしゃ！

「え……！」

思わず声が洩《も》れてしまった。叫ばないだけマシだったというべきか。

女性はコップの水を真沙流に思いきりかけて、店から飛び出していったのだ。

「ちょ……ちょっと……お客様……お会計が！」

追いかけようとするわたしを真沙流がぐいと手で止めた。

「いいんだ。もう終わったことなんだよ。何もかも」

「え？　何が？　何も終わってない、あの人、無銭飲食を……」

「いいんだ」

さっきよりも強い調子で、真沙流はもう一度そう言うと、タオルで濡《ぬ》れた顔を拭いた。

わたしはさっき彼女が食事をしている時に気づいたことを尋ねてみる。

「あの女性、昼前に来たインテリ眼鏡の奥さんだよね。同じ指輪してたもん。ねえ真沙流、何隠してんの？」

真沙流はわたしを見た。初めて向けるような冷静な眼差《まなざ》し。

けれど、さっきの女性に向けたようには冷たくない。

それでも、わたしはいま、初めて真沙流という人間と向き合っているような気がした。

目の前にいるのはたぶん、わたしが思っているよりも、海の底の深い深いところを泳いできた魚のような男なのだ。

7

「お腹《なか》が空《す》いたろ？」

真沙流はおもむろに厨房《ちゅうぼう》に戻る。

かちかちかち、とコンロに点火する音が響く。

それから、例のスープの香りが漂い始める。魚介が相当混ざっているのに、決して生臭くなくて、太陽のぬくもりを伝えるような濃厚なトマトの香りがそれを豊かに昇華させている。

ふたたび作業場に戻ってくると、真沙流は、薄くスライスしたバゲットに手早くバターとニンニクのすり下ろしたものを塗ってトースターで炙りはじめる。

果たして、数分後にわたしのもとに運ばれてきたのは、先ほど女性の前に出された赤くどろりとした濃厚なスープだった。

「これはチュッピンというイタリアのリグーリア州の家庭料理でね。白身魚を完全に漉して作るトマトスープで、ガーリックトーストを添えて食べたりするといっそう美味《おい》しい」

スープの隣に添えられたガーリックトーストは、まだ熱々で香ばしい大蒜の香りをふんだんに漂わせていた。このチュッピンに入れることで、ガーリックトーストの味はどう変化するのだろう？

「おいしそう……いただきます」

ランチの時間の戦場のようなあわただしさを抜けると、空腹と胃痛の中間地点くらいにいて、もはや空いているのかどうかもわからなかったりする。多大な気疲れもあって、きっと胃も白くなっていることだろう。

ところがこのスープの香り立つことと言ったら、何とも眠っていた食欲を呼び覚ますのにじゅうぶんだ。また魚介がたっぷりというのも、日本人には嬉《うれ》しいところだったりする。

「おっと、ちょっと待って。まだこのままでは未完成なんだ」

「え、だってさっきは……」

さっきはこのまま女性に出したではないか。

ところが、真沙流はそのまま食べてはダメだと言い、懐《ふところ》からチーズを取り出した。

何やら固そうな円柱型のチーズだ。

そこに金属製の例の中世の拷問具めいた道具をもってくる。

「じつはね、さっき〈フォルマッジョ〉からチーズが届けられたのは、この料理のためなんだ」

一体、何が始まるのか。

「よく見ていてごらん」

真沙流は、昼前にわたしに見せてくれた、円形の土台の真ん中に一本の金属棒が立った器具をカウンターまで持ってきた。その器具に、さっき買ってきたというチーズを突き刺してはめ込む。円柱状のチーズを貫通した真ん中の金属棒に、上から刃のついたハンドルをはめ込んでぐるぐると回し始める。

すると——驚いたことに、チーズがまるで王妃のドレスのトレーンのように九十九《つづら》折《おり》になって現れる。しかも、落下するときにきれいに円を描くことで、白い花びらに、変化したのだった。

それは、まさに花そのものだった。

「きれい……」

真沙流は純白の花弁をチュッピンに載せる。

うっとりしている間に〈花〉はチュッピンに溶けて消えてゆく。

一瞬の幻想に魅《み》せられている自分がいた。ハッと我に返り、真沙流の手元に握られた銀色の道具を見やる。

「わざわざこのためにチーズを新たに？　このチーズでないといけないの？」

「スイスのチーズ、テット・ド・モワンヌ。このジロールという器具は、テット・ド・

モワンヌのために創《つく》り出された道具なんだよ。花状に削って料理に盛り付けたり、スープに入れたりするために生まれた道具なんだけど、なぜそんなことをするかわかる？　テット・ド・モワンヌ自体の味は突出して美味しいわけじゃないからさ。でも人を惹きつけようと考案されたのがジロールでつくるチーズの花。実際、ジロール開発以降、需要は増えた」

「このジロールを使って花を散らすことで、チュッピンはある意味完成するのね」

「そういうわけでもないけどね。飾りだから。ただ、コーラに檸檬《レモン》を添えるように、ジロールで花を散らしてこそチュッピンは完成する、と考えることもできなくはない」

「なぜ、さっきの女性にはこの飾りを散らさなかったの？」

明らかに、あのときの真沙流は意図的にジロールを使わなかったのだ。それは間違いない。

だが、それに対しては、真沙流は答える気がないのか黙っている。

「答えないなら、わたしの推理を聞いて」

たった数秒前に、ようやく頭のなかで固まりはじめた推理である。

それは、女の指輪を見て、その後の真沙流とのやりとりから生まれた推理であり、一度浮かんだら、それ以外の真相は考えられなくなったほどだ。

「真沙流、あなたは二年前、さっきの女性にこの花をのせたチュッピンを出したのよ。

それって、好きだったからでしょ？　だからこそ二年後の今日に向けてチュッピンを用意しておいた。彼女が現れる予感が、はじめからあったから」

真沙流が女を見た目には、好意は宿っていなかった。けれど、少なくとも二年前は、好きだったんじゃないだろうか。彼女は〈例のスープ〉と言った。ということは、一度は必ずジロールで作られた花を見ているはず。

ロマンティックな演出は真沙流らしいが、それが不倫となると話は変わってくる。ある意味では、セクハラ疑惑のときよりも、わたしは幻滅しはじめていた。

「たしかに、二年前、僕は彼女にこの花をのせたチュッピンを出した」

降参するときみたいに両手を上げた。ああ、がっかりだ。

「……あの日、僕は大学の同僚の中村とその妻で同じく研究者の瑞希さんを家に招いてもてなした。そう、中村が君に話したようにね」

インテリ眼鏡の名前は中村というらしい。

「大切な二人を特別にもてなしたかったんだ。ところが、ポートワインが飲みたいと瑞希さんが言い出したために、中村がお酒を買い出しに行くことになった。そのすきに、瑞希さんは僕に告白してきた。じつは中村と付き合うよりずっと前から僕のことが好きだったって。結婚したら忘れられるかと思ったのに忘れられない、と」

夫のいぬ間になんと大胆な告白。そんな行動に至らせた真沙流も考えようによってはずいぶん罪な男だ。

「それで、僕はチュッピンに即席で花を削ってのせた。彼が買い物から帰ってくるまでの間に消える花。それからこう告げた。『どんなに真心からの想いでも、消してしまいましょうね。この花のように』」

幻滅に、急ブレーキがかかる。消してしまいましょう？　それはまったく想像していない解釈だった。

「本当にそれだけ？　真沙流の気持ちは彼女にはなかったの？」

「なかった。僕は彼女を研究者として尊敬はしていたけどね、それだけなんだ。ブルーチーズに使われるアオカビを、日本料理にも応用できないかと彼女はさまざまなチャレンジを続けていた。その姿勢に、僕はチーズ発酵学の研究を続けるうえで学ぶ部分を感じていた。でも彼女はそうじゃなかった。現実的な人だけど、そのぶん我欲に忠実な人でもあったんだ。自分が一度これと思ったものは、倫理も相手の感情もお構いなしで手に入れずにはいられない。荒海のような人だね」

海のような人——中村もたしか同じことを言っていた。

「今思えば、当時の僕は瑞希さんの貪欲さを過小評価していたんだ。いや、瑞希さんというか、恋愛というものの恐ろしさ、というべきかな」

8

「恋愛の——恐ろしさ？」

「うん。君は恋って何だと思う？」

そんな問答を昼間にされるとは思わなかった。

「え、恋……？　それはまあ、人を好きになる、いやいや、ただ好きになるんじゃなくて、何だろう、何なんだろ……わからない」

わからない、というか、もしかして、いや、そんなはずは、と思うけれど、わたしはこう問いかけられて初めてその可能性を考えないわけにはいかなくなった。そう、わたしは恋をしたことがないかもしれないのだ。幹夫への感情は、いま思えば、「みんなこうやって恋愛をしているよね」という種類の真似《まね》事《ごと》に過ぎなかった気がする。

「好きという言葉で説明できないところに、恋愛っていうものの本質がある。恋愛って、欲望と認めたくない欲望のことなんだよ。すごく崇高な感情だと信じたくなるような種類の欲望。誰かのことを欲しくなる自分の内なる欲求を、とても美しい感情であるかのように自分に魔法をかけ、その魔法で相手までかけがえのない存在に見えてくる、これが恋愛だよ」

真沙流は言い切った。万人に通じる理屈ではない、とわたしは思ったが、それは言う必要がないだろう。そんなことは真沙流だってわかっているはず。

ただ、真沙流の人生においてはそうだったのだろう。

そして、その言葉は、わたしにとっても心地よく理解できるものだった。

「瑞希さんのどんな行動が、真沙流をそこまでの結論にたどり着かせたの？」

真沙流は眉間《みけん》にしわを寄せた。

「彼女は僕のやんわりとした拒絶を、好意だと受け取ったんだ。具体的にいえば、そのときに出した消える花の意味を誤解したんだよ。彼女は僕が『その想いは消してしまいましょうね』と送ったメッセージを、『二人の想い』と勝手に誤解した」

「うむ……もっときっぱり言えばよかったんだよ」

「かもね。でも尊敬する研究者にそんな品位を欠くことはしたくなかったんだ。自分のできる流儀で伝えたかった。でもそれが通じなかった。後日、何度も彼女は僕にメールをしてきた。ずっと無視していると、真夜中に電話を鳴らしたり。それで、とうとう僕は想いに応えられないことをはっきり伝えるメールを送った」

「あ、結局送ったんだ」

「一カ月以上続いたからね、仕方なかった。そうしたら、彼女は僕にセクハラをされた、と中村に主張したんだ」

「え！　……そ、それでセクハラ疑惑？　ひどすぎる！　濡《ぬ》れ衣《ぎぬ》もいいところじゃないの」

「人間、愛を拒絶されると何をしでかすかわからないもんだよ。たぶんプライドが傷ついたんだろうね。それ自体は申し訳ないと思うけど」

そんなことを思う必要もないだろう。瑞希さんのしたことは、わたしには同情の余地のない身勝手な行動に思えた。真沙流がわたしほどの怒りに駆られていないのは、歳月が怒りをそぎ落としたということなのだろうか？　わたしなら、とても無理だ。

「具体的に、どういう被害にあったと主張してきたわけ？」

「僕の家を訪問した際、中村が買い出しに席を空けたすきに無理やりキスをされた、と」

「むうう、五分の有効活用がえぐい……」

たしかにそこはほんの数分とはいえアリバイが存在しないし、無理やりキス程度なら五分も要らないくらいだ。プライドを傷つけられた人間とはかくも恐ろしいものなのか。

「怒った中村はすぐに大学に訴え、その結果僕は会議室に呼びだされた。学長をはじめ主要教授陣が顔をそろえていて、そこには中村の顔もあった。もちろん僕は否定した。結局、大学は白黒はっきりつけるほどの調査に踏み切らず、僕はグレイゾーン扱いになった。ところが、瑞希さんはそれでは気が済まず、マスコミにリークした。ネタに困っていた週刊誌がそれに飛びついて〈大学准教授たちのセクハラ騒動〉なんて面白おかしく書いた結果、大学は大騒動に発展した。ゴシップを信じやすい学生たちからの信頼はあっという間に失われていった。授業にも人が来なくなった。結局、僕は責任をとるために、逃げるようにして大学を辞めて、行方を晦《くら》ました。二度と彼らに会わずに済むように」

「メールを見せれば、疑いは晴れたんじゃないの？」

「だろうね。でもそうすれば、彼女の研究者としての道は断たれるし、それによって中村を傷つけてしまうことにもなる。そうまでして保身を図りたくはなかったんだよ」

いつの間にか、喉《のど》がカラカラに渇いていた。二年前の真沙流の身に起こった出来事に、激しい怒りを感じていた。内なる炎は、ときに体内の水分を蒸発させてしまうのかもしれない。

「先日、チーズスープを求めてきた客の話を君がしてくれた時から、胸騒ぎはあったんだ。彼女はまだあきらめていないのだろうってね」

「でも、ちょっとその瑞希さんの神経を疑うわね……自分でセクハラと主張して大学にいられなくしたくせに、また店にまで追いかけてくるなんて」

「恋愛というのは何でも都合よく考えるものだよ。きっぱり断られたって、『私が結婚しているからあきらめさせようとしてくれているのね』と思えば、未練は前より強くなってしまう。どういう方法をとったって、人間の脳は都合よくとるようにできている。だから、ちょうどあれから二年目に当たる今日は、前から要注意だなと思ってたんだ。記念日っていうのは、感情を呼び覚ます魔力を持っているようだからね」

　魔力、という言葉は強い響きをもっていた。もしかしたら、瑞希さんのほうでは今日という日を美しい〈約束〉くらいに変換していたかもしれない。それは本当にわずかな匙《さじ》加減で変わってしまうものなのだろう。感情のひと匙、欲求のひと匙で、何もかも見え方が変わってしまうからこそ、人間というのは恐ろしいのだ。

「そのためにチュッピンを用意したのね？」

「まあね。はじめから花を添えずに出すつもりだった。あれから二年が経《た》った。もう、さすがに夢から醒《さ》めてもいい頃だ」

　薫さんから聞かされていたセクハラによる大学追放という情報と、現実に起こっていた出来事とのギャップに思いを馳《は》せた。一瞬でも、セクハラの四文字や不倫の二文字に認知を歪《ゆが》めてしまいそうになった自分を呪《のろ》いたくなる。

　人は具体的な情報の前で信頼が揺らぐ弱い生き物だ、と改めて思う。だからこそ、こうやって直接に言葉で確かめていくことが、時に重要なのだ。

「かっこいいことを言うな」

不意に、背後から声がしたのと、カランカランとドアが鳴ったのはほぼ同時だった。

どうやらドアに張り付くようにして外から会話を聞いていたようだ。
立っていたのは――あのインテリ眼鏡、中村だった。

9

「今日は絶対に家内がこの店に現れると思っていたからね。帰らずに張っていたのさ」

「もう帰られましたよ」

わたしはすぐさま答えたが、中村はふふっと笑った。

「わかってる。私はべつに彼女の行動を追いたかったわけじゃない。この男の反応が知りたかっただけだ。ずっと雲隠れしていたこの男が、私の妻に出会い、どんな反応を見せるのか」

真沙流は中村から視線をそらし、食器の後片付けを続けながら言った。

「一部始終を聞いていたのなら、もうこれ以上付け加える必要はないのでは？」

「かもな。君はあの魅力的な瑞希に恋愛感情を抱いていなかった。彼女に惚《ほ》れない男が存在するなんて、いささか信じがたい話だが、いまの様子では信じざるを得んようだ」

「……いつから聞いていたんですか……まさか最初から？」

中村はそのわたしの問いには答えなかった。

「だが、ご推察のとおり瑞希はまだ君のことが好きなままだぞ。どうする気だ？」

「僕に言われても……っていうか、中村、むしろ君はいいのか？　ずっと気になっていたんだ。彼女が結婚当初から君を愛していないことに気づいていたんじゃないのか？」

真沙流は中村の前にグラスを用意した。だが、まだどのワインを注ぐのかは考えあぐねているようだった。追い出さずにもてなそうというの？　真沙流、人がよすぎるよ……。

対する中村は、先ほどの問いかけにフンと鼻を鳴らした。

「そんなことが問題かね？　私は彼女を愛している。その事実以外に何が必要だ？　それに君は一つ勘違いしている。彼女は私を愛していないだろうが、私の愛は必要としてくれたのだ。つまり私は愛したかったし、彼女は愛されたかった。じつに満ち足りた関係だ」

「満ち足りた関係なら、僕の反応なんかどうでもいいだろうに」

「それは違うな。君たちが両想《りょうおも》いなのかどうかは把握しておきたかった。愛において把握は重要なファクターなんだよ。つい先日、彼女にこの店のことを教えたのも私だからね」

マゾなんだろうか。ふつう、自分の妻の好きな人の場所をわざわざ教えて会いに行かせるように仕向けたりしない。

けれど、同時にどこかで着古したサイズの合わない服を見るような感覚が付きまとう。ああそうか。すぐに理由がわかった。この中村という男、わたしの母と考え方が近いのだ。母もわたしのすべてを把握していなければ気が済まない人だった。どちらも、きわめて独善的。そして、とても厄介な存在。

「セクハラ騒動があったとき、私は君に失望したものの、本心では瑞希を疑っていたのも否定はできない。結果として、信頼する二人のどちらも心から信じることができなくなり、さすがの私も、絶望の淵《ふち》を彷徨《さまよ》ったことを告白しよう。

二年後、日記でやはり瑞希に騙《だま》されていたのでは、という疑惑が生じた時は、感情の荒波に溺《おぼ》れかけた。二年前、二人に対して感じていた不信感が正体を現した気がしたからだ。

だからこそ！　私は今日君の反応を確かめねばならなかった！

だが――先ほどの妻とのやりとりを店のドアに張り付いて観察させてもらい、君が瑞希に本当に気持ちがないことを知った。真沙流、改めて君にお礼を言う。瑞希を私に返してくれてありがとう」

「え……僕は何もしてないし、君たち夫婦の問題も何も解決していないよ」

まったくその通りである。こんなのハッピーエンドでも何でもないではないか。瑞希さんは相変わらず真沙流を好きなままなのだ。

だが、中村は強く言い張った。

「いや、解決したのだ。私はべつに自分以外の男を愛している妻でも構わないのだから。自分の元に戻ってきてくれさえすればね。君は誤解しているな。私にとって瑞希への思いは——恋愛感情を超えたものなのだよ」

恋愛感情を超えていれば、べつの男を愛していても許せるのだろうか？　わからない。その境地、ちょっとした高僧の悟りにも近い。わたしにはスカウターが壊れるレベルで理解不能だった。

「恋愛感情を超えたもの、か。それはまったく想像しなかったな」

真沙流は降参するように両手を上げた。

「だろうな。真沙流、そもそも君は恋愛を重視していない。ちがうか？　私は君とは真逆の人間だが、自分の中にある恋愛感情がくだらない我欲だという自覚がある。だから、瑞希がこの先も私に恋愛感情を抱かないというのが小さな問題でしかないことを理解しているのだよ。人間は恋愛のみにて生きるにあらず。我々が互いを必要とし合っていることは、恋愛を抜きにしても確かなことだからね」

その言葉に、真沙流はふっと笑い出した。それまでの張りつめた店内の空気を、一瞬で解きほぐすような柔らかな笑い方だった。

「君は器の大きい男だね。瑞希さんの心に気付いていながら、二年間夫婦であり続けた。

僕ならとてもできることじゃない」

え？　わたしは内心で不安に駆られる。真沙流が、敵を称賛している？　いいのだろうか。たしかに考えようによっては器は大きいかもしれないが、そういう問題なのか、とも思う。どうしてもわたしは、この夫妻の行く末を不安視してしまう。瑞希さんはきっと今後も思い通りにならないに違いない。いつまでも中村を顧みずに真沙流という幻影が拭《ぬぐ》えぬままかもしれない。中村夫妻の前途多難ぶりを思うと、想像するだけで眩暈《めまい》を起こしそうになる。

「だが、君にひどい仕打ちをしたのも事実だ。そこは償いきれるものじゃない。今となっては、それがはっきりしている。ただただ、申し訳ない。君のために何ができる？」

真沙流は笑ってかぶりを振った。

「何も。たしかに、君たち夫婦が僕にした仕打ちはそれなりに残酷だった。だけどね、それはこの二年、君がどんな感情で過ごしてきたかを考えれば、それだけでじゅうぶん水に流せる裏切りだよ。君は立派な夫だよ。瑞希さんは本当に素敵な伴侶《はんりょ》に巡り合ったんだな」

真沙流は、彼に一本のボトルを差し出した。

日本語で〈蛍雪の誇り〉と書かれたわずかに埃《ほこり》をかぶった赤ワインだった。

「このワイン、君が大学の論文優秀賞を受賞したときに、なぜか僕にくれた副賞のワインだ。パッケージは大学のオリジナルデザイン。実際には手ごろな国内製造ワインだろうが」

「……まだとっていたのか……」

「僕はつねに君のニホンコウジカビの研究を評価していたし、君も僕の研究を評価していた。お互い自分の研究にフィードバックできる部分が少なくなかったし、いい論客だった。僕にとって学術上のライバル関係は、恋愛のそれより数倍得難い関係だったんだよ」

その言葉に、中村は何か目に見えぬ衝撃波を喰らったようだった。

「君は……君は……」

人には誰にでも盲点というものがある。中村はいま盲点を突かれたのに違いなかった。

「僕はね、自分の尊敬する先輩と友人が夫婦になったことがうれしかった。そして、恋愛感情に囚《とら》われずに今も夫婦でいる二人を、相変わらず誇りに思うよ」

うわあああああっと、中村は頭を抱えた。

この人はひねくれ者という鎧《よろい》の下に、びいどろ仕立ての心を隠している。きっと、どんな状態であれ、彼には瑞希さんが必要なのだ。

でも——瑞希さんの気持ちはどうなるの？　たしかに彼女は傍《はた》迷惑な女性には違いない。けれど、だからといって愛してもいない夫による束縛的な愛され方を受け入れねばならないという話にはならない。

でも待って。傍からみてどれほど歪んだ関係に見えても、それで辛うじて立っていられる、そういう人間関係もあるのか――。

わたしは自分の母と重ねて中村の愛し方を束縛と捉えているけれど、瑞希さんがどう思うかはまた別。現に、瑞希さんは中村の束縛などものともせず、今日も元気に自由意思で行動していたわけで……。把握と束縛は違うの？

まだまだわたしには夫婦の世界は奥が深すぎる。

母と重ねているからわからなくなるの？　そうかもしれない。

「すまない、すまない……本当に……」

嫉妬《しっと》深いインテリの中村は、速やかに土下座をした。ここまで潔《いさぎよ》く頭を下げられる人間だったとは。いささか彼を誤解していたのか。

「私のしたことを許してくれ。大学に戻ってきてくれないか。私が推薦状を書く。いまは大学にもけっこう発言力があるんだ。立場はまだ准教授だが、テレビ出演も多いから……」

真沙流は目を閉じ、静かに笑ってかぶりを振った。

それから、〈蛍雪の誇り〉のコルクを抜いた。

「一杯、呑《の》んでいかないか。これは君の酒でもある」

真沙流は二つのワイングラスになみなみと均等に注いだ。闇《やみ》を模倣しようとした紅の液体が、その上質な味わいを保証しているようでもあった。

「君の活躍は嬉しい。でもね、もう研究の世界に戻る気はないんだ」

中村は相手が宇宙言語を話し始めたのを見るような目をした。

「なぜだ……君はあんなにも優秀な研究者で……」

真沙流はもう一度、今度は強くかぶりを振った。

「見えないかな。いまの僕の世界は、ここにあるんだよ。ここが、僕の居場所なんだ」

中村は、このチーズの内部を真似たようなつくりの空間を眺めまわした。そして、何か憑《つ》きものが落ちたような、穏やかな顔に変わった。

ワインを一口飲み、自分のしてきたことの後悔と遅すぎた贖罪《しょくざい》に思いを馳せるように、しばし中村は目を閉じていた。が、やがて何度か頷《うなず》いた。真沙流の今を受け入れることが、いちばんの贖《あがな》いなのだと、気づいたのかもしれない。

「君の、自信の一品を振る舞ってくれないか」

真沙流はにっこりと微笑《ほほえ》んだ。

「もちろん。よろこんで」

一度引っ込むと、彼はすぐに熱々のスープの皿をもって現れた。匂《にお》いから、それが何であるかはすぐにわかった。

「当店の、これから新メニューに加える予定のチュッピンだ。さっき、瑞希さんにも食べてもらった」

それから、そこに例のチーズの花を添えた。

「チュッピンの花が消えるのには、じつは条件がある。沸騰《ふっとう》してすぐの状態でスープを注ぎ、すぐにチーズの花を散らすこと。でも、いまここにあるチュッピンは、温度がある程度落ち着いている。だから、食べる直前まで、チーズの花は消えない。これを、友情の印に、君に捧《ささ》げるよ。恋愛感情はいずれ消えるが――互いの尊敬の〈花〉は消えない」

10

食事を終え、中村が帰ったのは夕方近かった。

「大学を離れたこと、後悔してないの？」

気になっていたことを、尋ねてみた。

どんなにゆるぎない決心をしたとしても、心の内側では誰だって何らかの後悔をするものではないか。

わたしだって、母を遠ざけていることを一度も後悔していないかといえば、そんなことはない。ときどきだけど、優しかった瞬間なんかを思い出して、自分のほうが間違っていたんじゃないか、という感覚に苛《さいな》まれたことがある。そのたびに、幻想だ、この選択は正しかったんだ、と何度も繰り返し自分に言い聞かせて、今日まできたのだ。

「後悔か。そうだね……美藻はチーズがどうして生まれたか知ってるかい？」

「な、なによ、藪《やぶ》から棒に」

どうして後悔の話からチーズが出てくるのやら。

「チーズってもともとアラブの商人が沙《さ》漠《ばく》を旅する途中で、水筒のミルクが分離してできたもの。いわば失敗から生まれてるんだ」

「え、そうなの？　まあそう言われれば、たしかにありそうな話よね。もともと発酵食品なんてみんなそういう失敗から生まれてそう」

「そのとおり。人間って貪欲《どんよく》な生き物で、どんな状態からでも食べ物を見《み》出《いだ》して活力にして生き延びる方法を考えてきた。発酵と腐敗って、じつはほぼ同じなんだよね。ただ人間にとって美味しいかそうでないかという違いしかない。でも、美味しいって、味覚だけのことじゃなくて、結局人間にとって有益な情報が含まれているから、身体が必要とするんだよね。その結果、美味しいと感じる。だから、人類は初めての失敗なら、それがどんな味がするのかを確かめる。もしかしたら、自分の身体に必要な情報かも知れないから」

「なるほど。真沙流、元准《じゅん》教授だってバレたから、もう堂々と蘊蓄《うんちく》語ってない？」

真沙流はちょっとだけわたしを睨《にら》んだ。

「で、何の話だっけ？」

「つまり、だ。僕は挫《ざ》折《せつ》したのかも知れないけど、挫折から生まれるものだってあるんだよ。そしてそれは得がたいものなんだ」

挫折から生まれるもの――か。

その言葉は、わたしの現在地をかぎりなく肯定してくれるような気がした。

「ねえ真沙流。今まで誰にも話したことない話、してもいい？」

「サバゲーの攻略法でなければ」

「それは真沙流には話さないかな。じゃなくて……わたしがどうして、この店に辿《たど》り着いたのか」

11

冷凍されたチーズよりも、忌《い》まわしい過去の解凍のほうが何倍も手間がかかる。それでも、わたしの身の上話を、真沙流は静かに聞いてくれた。母の監視がきつくて家を出たこと、好きでもない彼氏と付き合ってＤＶ被害に遭ったこと……。ときどき相槌《あいづち》を打ち、その都度わたしの目をたしかめながら。それはまるでチーズフォンデュの温度を調節するために鍋の表面を見るときのようだった。

「なるほど。君の目がどうしてそんなに強いのか、やっとわかった気がする」

「え、わたし、強い目してる？」

「うん。いつも少しダルそうで、眠そうなのに、そのくせに生命力がある。昼間の猫とちょっと近いというか」

「なんか、半分ディスられている気もするけど」

　気もするけど。その後に続く言葉は、意図的に飲み込んだ。わたしは、調子に乗る自分が好きじゃないのだ。

「蘇《そ》からだいぶ経って、チーズがこの国にふたたび辿り着いたのは、徳川吉宗の時代と言われてる。その頃って、当たり前だけどまだヨーロッパの食事に対しての理解も進まなくて、チーズの受容には厳しい時代だった。それでもインドから輸入された白牛を使って白牛酪が始まって、細々と現在のチーズにつながる道が作られていったんだ。そうして、最終的に昭和のはじめになっていまのチーズの味がようやく作られ、食べられるようになった。これって、長い時間をかけて、チーズが成し得た奇跡だと思うんだよ」

「なるほど。ええと、わたしの身の上話はどこへ行った？」

　この男、もしかしてわたしの長い話のあいだ、まったくべつのことを考えていたのではあるまいか。いやでも、さっきは一応わたしについての感想も述べてくれたわけで、これは単なる逸脱ではない？

「だからね、君という存在も、この国に流れ着いたチーズみたいなものだと思うんだよね。今日まで君がここにいて、しっかりと自らの椅子《いす》を作った。常連さんの誰に聞いても、きっと君なしでこの店が成り立つなんて想像できないって言うよ。たった数ヵ月で、それくらい君はこの空間に必要な存在に変わったんだ」

「そうかな。それは言い過ぎだよ。真沙流の料理があればべつに」

「シェフである僕が何より必要としてるのに？」

この男、なんでそんなことさらっと言えてしまうの。

わたしは水をがぶ飲みした。

「ここに辿り着いた経緯、教えてくれてありがとう。でも、過去はどうでもいいんだ。僕にとっては、というか、この店に来る人誰にとっても、いまの君がすべてだよ」

「うん……ありがと……でもまだちょっと怖いんだ。先日、行きつけのカフェの店長が、わたしの写真をもって聴きこみしてる男がいたって。きっと、幹夫なんだ」

「……一つだけ、約束させてくれないかな」

「ん？　約束？」

「ここにいる間は、そんな奴《やつ》に指一本触れさせやしないよ」

思いがけず、強い宣言だった。

「え、なに、ちょっとかっこいいんですけど。でも無理だよ。真沙流、喧嘩《けんか》弱そうじゃん」

「弱いよ。でも、君を守る知恵くらい、あるつもりだよ。警察だっているし」

警察はきっと、こんな案件山ほど抱えているし、結局何もしてくれないだろう。

「と、とにかく！　美藻のことは僕が責任をもって守るよ」

「彼氏でもないのに？」

「そんなの関係ないよ。彼氏なんかどうでもいい」

ですよね。本当に、たぶん、真沙流の言うとおりだ。世の中、色恋がすべてじゃない。

わたしたちはたぶん、もっと強い何かでつながっているわけだし。

「大事なのは、来た道を振り返らないこと。君自身がね」

「……だね。うん、そうありたい」

「大丈夫さ。あんだけ、サバゲーが強いんだし」

「いや……真沙流が弱すぎる」

わたしは真沙流を見た。うん、まったくときめかない。だけど、べつに恋にならなくたっていいんだ。

たとえ恋じゃなくても、ここが、わたしにとって居心地のいい現在地なんだから。

エピローグ

その後の話である。

数日後に、交番の巡査部長とかいう人が、真沙流にお礼を言いに来た。

「先日は、迅速で的確なご対応ありがとうございました！」

「え……真沙流、何したの？」

わたしが訝《いぶか》っていると、真沙流は大慌《おおあわ》てになった。

「いや、何もしてないよ……何も……」

すると、巡査部長は真沙流に代わって、わたしにこう教えてくれたのだった。

「この方は、先日、ストーカーの男性について事前に我々に通報して、一緒に現場を取り押さえてくださったのです」

「え……？　い、いつですか？」

日にちを聞いて驚いた。それは、あの中村がやってきた日だったからだ。あの日、真沙流が外出したのは、たしか一度きり。その一度というのは、〈フォルマッジョ〉の美紗子さんに電話で呼び出されて出かけたから——じゃなかったのか？

巡査部長が帰ると、わたしは腕を組んで真沙流を睨んだ。

「真沙流、隠していることがある？」

「まいったな……うん。ごめん。じつは——」

真沙流がそこから話し出したのは、まさにわたしの予想だにしない内容だった。

*

ええと、何から話したらいいのかな……そう、僕がその電話を受けたのは、君がうちに居候《いそうろう》するようになってすぐのことだった。

たまたま君が買い出しに行っている隙《すき》を見計らったように、店の電話が鳴った。

電話に出ると、相手はいきなりこう切り出した。

「あなたは、美藻とどういうご関係なの？」

相手の声は女性で、歳《とし》は中高年くらい。威圧的で、取り付く島のない感じだった。僕は大いに戸惑いながら答えた。

「いや、どういう……といいますか、彼女はここの従業員でして」

「従業員を寝泊りさせているの？」

「……ええ、まあ。家がないようなので」

「あなたは帰っているの？」

「……帰ってます、もちろん」

「美藻に魅力を感じる？」

「魅力……魅力ですか？」

「そう。異性としてどうなの？　美藻と付き合いたいとかそういうことは考えているわけ？」

「いや、ちょっと何か誤解をされているような……どなた様なんですか？」

もっと最初に聞くべきだったことを、僕はようやく尋ねた。

すると、相手はしばらく考えるように黙ってから答えた。

「美藻が店にいない日にすべてをお話するわ。あなたはいついらっしゃるの？」

「彼女がいない日はありません。ただ、開店してすぐなら、買い出しに出ていることもあると思うので、そのタイミングでどうぞ」

彼女はその返しが気に入らなかったようで、しばらく黙った後、また話しましょう、とだけ言って電話を切った。

それから三カ月後だったかな、ちょうどほら、ビー玉の謎《なぞ》が持ち込まれた日、濃いサングラスにマスクをつけたお客さんがいたの覚えてないかな……君はナオさんの対応に追われていたんだけど、あの時カウンターのいちばんドア寄りのところにいたのが、そのお客さんだったんだ。

君がナオさんと話している間、彼女はラクレットを黙々と食べ、食器を下げにきた僕に「先日電話をした者よ」と耳打ちして手紙を渡してきた。そこには、ランチの後で抜けてカフェで少し話したいと書いてあった。

それで、僕はあの日客が引いた後、出かけたんだ。

カフェに向かうと、彼女は僕を待っていて、すでに僕の分の珈琲《コーヒー》まで用意してくれていた。そして、こう切り出したんだ。

「料理、美味《おい》しかったわ。ああいうものを、まかないで美藻も食べているのかしら？」

「ええまあ……もう少しカロリーを抑えたものになりますが……」

「いずれにせよ、うらやましいわね。私は料理が下手だし、食への興味がないのよ。本当は毎日乾パンでも構わないくらい。だけど、美味しい料理って、また食べたくなるのね。そこが厄介だわね」

「はあ……あの、そろそろあなたが誰なのか、教えていただけますか？　というか、もう聞かなくてもわかりますが……美藻のお母さん、ですよね？」

「ええ。琴平美代です。私も夫も保険調査員の仕事をしています。簡潔に要件を言うわね。あなたは合格よ」

「合格……？」

「まえのクソみたいな彼氏をつかまえたときはどうしようかと気を揉《も》んでいたけど、あなたなら、たとえ恋愛に発展しても問題なさそうね」

「はあ……あの、僕は恋愛感情は一切……」

「いいのよ。男女が同じ職場にいれば、起こることは起こるわ。それはいいの。むしろ、あんなクソ彼氏から娘を救いだしてくれてありがとう」

「……なぜ娘さんがうちの店にいることを知ったのですか？　たぶん彼女は……」

「彼女からは聞いていないわ。ただ、追跡調査をしていたわけ。そうしたら、彼氏のもとから脱走して、この店に匿《かくま》われていることがわかった。それだけのことよ」

「つ、追跡調査……？　なぜそんなことを？」

「生存確認ね。大人になったら一人で生きる。ある意味で当然のこと。でも、若いときは無茶をしかねないし、万一のことがあったときには私たちがそのツケを払う羽目になるのよ」

「そうでしょうか。彼女はご両親に迷惑をかける気は一ミリもないと思いますが」

「でしょうね。でもたとえば、電車に衝突でもしてバラバラにでもなってごらんなさい。鉄道会社は私たち遺族に賠償金を求めにやってくるでしょうね。彼女のつもりなんて関係ないのよ。大人の世界ってそうはなっていないの。だからね、あなたから見たらだいぶ非常識なやり方に見えるでしょうけど、そもそも没交渉になっている親としては、追跡調査くらいはせめてさせてちょうだいというところね」

　僕はそれでも彼女の話に百パーセントは納得できなくて首をかしげていた。

　すると、彼女はこう切り出した。

「大事な話をするわ。いま、美藻には危険が迫っているの。あの元カレが彼女を探しているのよ。私は定期的に元カレの様子も観察しているんだけど、どうも元カレは神楽坂界隈《かいわい》に娘がいることを知っているみたい。たぶん、アプリを入れたんでしょうね」

「なんですって？」

「このあたりを数日前から徘徊《はいかい》しているのよ。何かを探すみたいに。あと、あなたの仕入れ先に勤めてるわね。まあとにかく、これ以上娘を監視し続けるのもあれだから、保護者役はあなたに譲るわ。追跡調査は、ここで終了。私もこう見えてまだまだ忙しいのよ」

　彼女はそう言って立ち上がろうとした。

「待ってください。あなたたち親子に何があったか知りませんが、これで縁を絶つつもりじゃないですよね？」

　すると美代さんはサングラスを外して、初めてはっきりと僕を見た。君によく似た強い目をしていたよ。とてもよく似た親子だね。彼女は言った。

「それは美藻が決めることよ。ただ、私たち親子は距離があったほうがいいの。私は自分の家にあるものはすべて手に取るように管理しておきたい性分だし、家にいるかぎりあの子を自由には行動させられない。そういうタチなの。毒親っていうのかしらね。自分がまさかそんなふうにしか子供と接することができないなんて、結婚したばかりの頃は考えたこともなかった。でも、親子って結局なるようにしかならないのよ。何もかも初めてなんだもの。自分があんなにがみがみ言う親になるなんて誰にも予想がつかない……ってこれは自分への言い訳ね」

　美代さんは悲しそうに笑った。

「せめて挨拶《あいさつ》だけでも、して行かれてはいかがですか？」

「いつかはそういう日もくるかもね。それは私からかもしれないし、彼女からかもしれない。でもとにかく、それはまだ先の話よ。急がないわ。人生は案外長いらしいから。とにかく、あの子はあなたのもとでのびのびしているようだし、料理もおいしいし、このままよろしく頼むわね。あの子の味方になってあげて。私は無理なの。味方になってあげたい気持ちはすごくあるのにね、どうしてかしらね」

　そう言って、美代さんは去ってしまった。店に戻ったとき、僕が必要以上に体力を消耗しているように見えたのは、そういうわけなんだよ。

　それ以来、僕は君の元カレがいつここへやってくるのかとずっと考えながら暮らしてきたんだ。美代さんに君の味方になるって約束してしまったしね。ただ、仕入先に元カレがいる、という話はあんまり深く考えなかった。仕入先はチーズも野菜も肉も全部異なるわけだし、どうせ一人一人に美藻の元カレですかと聞いて回るわけにもいかないからね。

そしたら――先日、そう、それもふたたび瑞希さんが訪れた日に、一件の電話で僕は呼び出された。あの時の電話は、美紗子さんからではなく、〈フォルマッジョ〉の新アルバイトスタッフ、佐藤くんだった。初めて〈マージュ〉に宅配を任されたけれど、途中で道に迷ったので迎えに来てほしい、というのが彼の主張だった。

でも、それが妙でね、真沙流さんはお忙しいでしょうから美藻さんにお願いできればと思いますって、わざわざ指定してきたんだ。最初は、ちょっと図々《ずうずう》しい気もするけど、美紗子さんの指示で僕を気遣っただけかな、とも思ったんだ。だけどね、よく考えるとおかしいなって思ったんだ。だって、君の名前は美紗子さんだって知らないんだよ？君は美紗子さんに直接名乗ったことがない。だから、美紗子さんにとっては〈ウェイトレスさん〉でしかない。なのに、〈美藻さん〉と言った。

そこでようやく僕は美代さんの仕入先に元カレが勤めているという言葉を思い出すことになった。じつは前々から気にしていたことがあって……ときどき君、眠っていると寝言いうんだよ。〈みきお、ぶたないで〉って。それでまず〈フォルマッジョ〉に問い合わせて、佐藤くんの下の名前を聞いた。そうしたら佐藤幹夫というと聞いてね。

そう言えば、〈フォルマッジョ〉に二人で行ったとき、美紗子さんが佐藤くんの名前を出したら、一瞬君がビクッとしたなぁって思い出して。

だから、警察にすぐ連絡して、今から駅前に来てくれって。その場で佐藤くんを問い詰めたら、すぐに怪しい雰囲気になってね。

「む……昔の女に会いに来て、な、何がわるいんだ！」

佐藤くんはぶるぶる震えながら、そう叫んで開き直りだした。だから、言ったんだ。

「君がどういう手段で神楽坂に辿り着き、彼女との接点を見出して〈フォルマッジョ〉に勤めるようになったかをきちんと調べたら、明らかな犯罪行為だとわかる。そうなれば、君は学校をやめることになるかもしれないよ」

となりにいた巡査部長が「間違いないな」って頷いたら、さすがに震えあがってしまった。それで一件落着。その場で、二度と神楽坂界隈に近づかないっていう誓約書を書くと、逃げるようにして去っていったよ。

＊

わたしは、幹夫が震える足で逃げてゆく姿を想像して思わず吹き出しそうになった。

たぶん幹夫は付き合っていた頃から位置情報共有サービスアプリを入れて、わたしが逃げても追跡できるようにしていた。そして、およその位置から〈マージュ〉にいると見当をつけると、〈フォルマッジョ〉に勤めながら神楽坂を徘徊しては、わたしの行きつけの店などを探して回った。わたしがこの聖域から出た状態で直接顔を合わせるチャンスを窺《うかが》っていたのに違いない。でもわたしときたら、あんまり出歩かないものだから幹夫もノーチャンスで、業《ごう》を煮やして宅配で道に迷ったふうを装《よそお》って呼び出す作戦に変更したわけだ。

——美藻のことは僕が責任をもって守るよ。

ああ言ったとき、真沙流は本当は、すでにわたしを守ってくれた後だったのだ。

「すぐ話してくれたらよかったのに……」

「……君にとってはつまらない過去だろうと思ったから」

「そう……だね。うん。知らなくてもよかったことかも」

「それに、お母さんとのやりとりをずっと隠してた後ろめたさもあった」

「それよ。それはむしろ問題だわ、ほんとに」

母も何を考えているのだか。保険調査員だった母には、昔から一切の隠し事もできなかった。わたしはつねに母の管理下に置かれていた。窮屈だった。あなたに何ができるの、と言われている感覚を、いつだって肌で味わってきた。

でも――なんだか、間接的に母の言葉をこうして聞いて、しょうじきまだびっくりしている自分がいる。自分が思っている母と、母の内面はこうもかけ離れているものなのか。

あんなに嫌がって出てきた家。

なんの愛情もかけられずにきた。そう思っていた。

「お母さんのこと、いつかは許してあげなよ」

「え？」

「美代さんの話を聞くかぎり、あまりいいお母さんじゃなかったみたいだけど、子どもに愛情をもっていることと、その愛情をうまく注げることの間には隔たりがあるのかもね。その隔たりに、きっと美代さん自身も戸惑いながら生きてきたんじゃないのかな」

少しでも部屋を汚すとすごく怒られた。中高生になっても、周囲の友達が持っているようなゲームもおもちゃも、洋服も、満足には与えられなかった。いつも彼女がハイセンスと信じるものを押し付けられた。それから……ああ、数え上げればきりがない。

でも、それは彼女自身が親からそんなふうに育てられたせいなのかもしれない。だとしても、決して許せることではないけれど。

けれど――一つだけ。母は、真沙流に味方になってあげてくれ、と頼んだ。

その気持ちだけは、信じてあげてもいいのかもしれない。

「今すぐには無理かな。でも、わからないけど、いつかはそういう日もくるかもね。今じゃないけど」

言いながら、なんだか母と同じことを言っているな、と思った。たとえば、わたしが将来家庭をもったとき、そこで子どもにどんなふうに接するかは、今の段階では想像もつかないし、やっぱりうまく愛情を注げないのかもしれない。

ていうか、わたしは結婚とかするのか？

その前に、これから恋愛とかするの？

「まあ、とにかく、いろいろありがとう」

「いや、そんな、何も……」

珍しく、真沙流はわたしなんかに礼を言われて頰を赤くしていた。

「サバゲーではすぐ殺されるのに、よくそんな慎重な行動とれたね」

「あのね……」

それから、わたしたちは笑い出した。考えてみれば、腹の底から笑えたのは、本当に久しぶりのことだった。わたしは心の中で、唱えた。真沙流、ありがとう。何も不安を抱かずに笑える。ただそれだけのことが、こんなにも素晴らしいことを教えてくれて。

そうそう、薫さんが店を閉めた。

長く営業自粛が続くなかで、バーの運営維持が難しくなったというのもあるが、いちばんはノンアルコールの葡萄《ぶどう》液ソムリエとしての出張需要が激増しているせいだ。

「その店の料理を確かめて、適した葡萄液を選んで提案できるのって、なかなか店にとってはありがたい存在みたいだね。まあ、天才ソムリエを必要とするのはある意味当然といえば当然だが」

そんなわけで、薫さんは最近鼻高々だ。そろそろ、誰かその鼻をへし折ってくれてもいいくらい。真沙流と薫さんの仲も相変わらず。ちょっとしたライトなBL風味をわたしは楽しんでいる。

そして真沙流は、飽きもせず新作レシピに凝っている。目下取り組んでいるのは、チーズタルト・アイス。先日の試作品はかなり美味しかった。まだ少し後味がしつこいけれど、完成がとても楽しみだ。

で、わたし。

わたしは今日も〈マージュ〉に寝泊りしながら、昼のラッシュタイムを切り盛りしている。ときどきはミスもするけれど、真沙流とわたしの連携ぶりは、日に日に見事に息が合ってきている。唯一《ゆいいつ》の不満は、真沙流のサバゲーの腕が一向に上達しないことだ。一体、何度わたしに殺されれば気が済むのやら。

神楽坂朧の坂を下ってすぐの看板なきチーズ料理専門店マージュ。

わたしはここで、少し浮世離れした店主と、今日も恋愛からかけ離れた、平凡な日々を送っている。けれど、この平凡が、このうえなく愛《いと》おしくもある。

自分はこれまでいくつの過《あやま》ちを重ねてきただろう？

そのすべてがチーズのように発酵して価値のあるものになるか分からないけれど、いつか唯一無二の何かに辿り着くかも知れない。

少なくとも、そう信じて生きてみる価値はある。

わたしは今日もチーズの匂いを嗅《か》ぎながら、新たな一日を始める。

この作品は書き下ろしです。

宮部みゆき著

魔術はささやく

日本推理サスペンス大賞受賞

それぞれ無関係に見えた三つの死。さらに魔の手は四人めに伸びていた。しかし知らず知らず事件の真相に迫っていく少年がいた。

宮部みゆき著

レベル7《セブン》

レベル7まで行ったら戻れない。謎の言葉を残して失踪した少女を探すカウンセラーと記憶を失った男女の追跡行は……緊迫の四日間。

宮部みゆき著

返事はいらない

失恋から犯罪の片棒を担ぐにいたる微妙な女性心理を描く表題作など6編。日々の生活と幻想が交錯する東京の街と人を描く短編集。

宮部みゆき著

龍は眠る

日本推理作家協会賞受賞

雑誌記者の高坂は嵐の晩に、超常能力者と名乗る少年、慎司と出会った。それが全ての始まりだったのだ。やがて高坂の周囲に……。

宮部みゆき著

淋しい狩人

東京下町にある古書店、田辺書店を舞台に繰り広げられる様々な事件。店主のイワさんと孫の稔が謎を解いていく。連作短編集。

宮部みゆき著

火車

山本周五郎賞受賞

休職中の刑事、本間は遠縁の男性に頼まれ、失踪した婚約者の行方を捜すことに。だが女性の意外な正体が次第に明らかとなり……。

恩田陸著

六番目の小夜子

ツムラサヨコ。奇妙なゲームが受け継がれる高校に、謎めいた生徒が転校してきた。青春のきらめきを放つ、伝説のモダン・ホラー。

恩田陸著

ライオンハート

17世紀のロンドン、19世紀のシェルブール、20世紀のパナマ、フロリダ……。時空を越えて邂逅する男と女。異色のラブストーリー。

恩田陸著

図書室の海

学校に代々伝わる〈サヨコ〉伝説。女子高生は伝説に関わる秘密の使命を託された——。恩田ワールドの魅力満載。全10話の短篇玉手箱。

恩田陸著

夜のピクニック

吉川英治文学新人賞・本屋大賞受賞

小さな賭けを胸に秘め、貴子は高校生活最後のイベント歩行祭にのぞむ。誰にも言えない秘密を清算するために。永遠普遍の青春小説。

恩田陸著

私と踊って

孤独だけど、独りじゃないわ——稀代の舞踏家をモチーフにした表題作ほかミステリ、ＳＦ、ホラーなど味わい異なる珠玉の十九編。

恩田陸著

歩道橋シネマ

その場所に行けば、大事な記憶に出会えると——。不思議と郷愁に彩られた表題作他、著者の作品世界を隅々まで味わえる全18話。

デザイン　川谷康久（川谷デザイン）

チーズ屋《や》マージュのとろける推理《すいり》

新潮文庫　も－40－2

令和五年一月一日発行

著者　森《もり》晶《あき》麿《まろ》

発行者　佐藤隆信

発行所　株式会社　新潮社

郵便番号　一六二―八七一一
東京都新宿区矢来町七一
電話　編集部(〇三)三二六六―五四四〇
　　　読者係(〇三)三二六六―五一一一
https://www.shinchosha.co.jp

価格はカバーに表示してあります。

乱丁・落丁本は、ご面倒ですが小社読者係宛ご送付ください。送料小社負担にてお取替えいたします。

印刷・錦明印刷株式会社　製本・錦明印刷株式会社

ISBN978-4-10-180257-2 C0193